# NOTIZIE DELLA SUA VITA SCRITTE DA LEI MEDESIMA

## RIME SCELTE

## Angela Veronese

## (Aglaia Anassillide)

AF401076

© 2023 Culturea Editions

Texte et illustration de couverture : © domaine public
Edition : Culturea (Hérault, 34)
Contact : infos@culturea.fr
Retrouvez notre catalogue sur http://culturea.fr
Imprimé en Allemagne par Books on Demand
Design typographique : Derek Murphy
Layout : Reedsy (https://reedsy.com/)

Dépôt légal : janvier 2023
Tous droits réservés pour tous pays

ISBN : 9791041843015

Nel dar alla luce del pubblico le notizie sulla mia vita parmi già di vedere alcuni accigliati censori, ed udirli con le loro rispettabili bocche esclamare: oh ecco una nuova eroina, che viene a farsi vedere sulla grande scena dell'universo! Adagio, Signori miei; io non vengo a farmi vedere nel secolo della esagerazione e dell'impostura, ove non si affetta che filosofia, ed in cui le ragioni della mente prevalgono a quelle del cuore. Vengo solamente per farmi sentire qual ineducata figlia del bosco, come si compiacque di chiamarmi il cantore dell'Armonia, scrivendo e parlando di me al Cesarotti; vengo dico per farmi sentire ai cuori affettuosi, all'anime cortesi, alla colta ed indulgente gioventù italiana, agli uomini onesti e sinceri ed alle donne amabili e gentili.

Io nacqui sul finire del secolo XVIII in riva alla Piave, in una villetta chiamata Biadine, situata alla punta del Bosco Montello, verso il levante, poco distante da Treviso e pochissimo da Possagno, patria dell'immortale Canova. Mio padre di nome Pietro Rinaldo, mia madre Lucia erano povere ed oneste persone: queste due qualità vanno quasi sempre unite. L'uno era di professione giardiniere, l'altra figlia d'un fabbro. S'io fossi nata nel secolo del gentilesimo potrei dire che la mia discendenza ha del divino, poiché appartiene a Flora ed a Vulcano. Posso ben dire d'esser nata libera e non serva, poiché il mio genitore viveva diviso dalla sua famiglia, gli individui della quale si ritrovavano al servizio dell'eccellentissima casa Grimani tutti in qualità di giardinieri; ed egli solo con la moglie incinta viveva in una sua casupola situata nel fianco dello stesso bosco, bagnata dal ruscelletto che lo circonda. Questa cadente casupola, ombreggiata da piante fruttifere, quasi un abbandonato tempietto della Dea Pomona, apparteneva a certo signor Bassanini di Venezia, non so se venditore di stampe oppure stampatore egli stesso. Convien dire che la sua professione gli fruttasse assai poco, poiché lo vedeva molto spesso, non so se per bisogno o per divertimento, in campagna. Egli regalava la mia famiglia di libri e di stampe sacre e profane, ed ecco ond'ebbe principio la smania letteraria di tutti li miei parenti. Forse fu questa la cagione che vari miei cugini e cugine si appellavano eroicamente Rinaldi, Orlandi, Erminie, Griselde etc. Io cresceva gracilissima in mezzo ad una famiglia di Eroi, poiché le nostre abitazioni erano tanto vicine che si poteano dire una sola.

Mia madre, trovandosi nuovamente gravida, pensò di levarmi dalle materne poppe in età di soli undici mesi, quando incominciava appena

Io compiva i tre anni allorché mio padre si divise dalla vecchia sua famiglia per portarsi al servizio dell'eccellentissima casa Zenobio in Santa Bona, villetta graziosissima due miglia fuori di Treviso verso il settentrione, ove era un luogo di delizia che apparteneva alla suddetta nobile famiglia. Il mio genitore, a guisa degli antichi patriarchi, portava seco tutto ciò che possedeva, cioè la moglie incinta, la figlia, la gatta, un cane da caccia, due fucili, un letto, una culla, vari libri ed un buon numero di strumenti rurali. Tuttociò era contenuto in una carretta tirata da un vecchio e grigio cavallo che si trascinava dietro tutti quei tesori.

Il luogo della nuova abitazione non potea essere più delizioso; un recinto di muro con cancelli di ferro adornati di stemmi patrizi, un palazzo costrutto con pochi fregi architettonici, una così detta barchessa, che ne avea troppi, un orto, un brolo, ed un parterre popolato di statue mitologiche. Tutte le pitture a fresco sì della barchessa  che del palazzo erano di certo pittore riputatissimo di Venezia, credo fosse il Palma: rappresentavano il trionfo di Paolo Emilio, le delizie di Capua, Cleopatra innanzi a Marcantonio, le vittorie di Alessandro, e, non so perché, anche il giudizio di Paride. Le statue offrivano un punto di vista curioso, guerrieri, pastori, ninfe, Dei, centauri e semidei: mio padre dicea che rappresentavano il gran quadro dell'universo, ossia l'isola di Circe.

Al nostro arrivo fummo incontrati da una villana detta Armellina, e da un cieconato, ch'erano i soli custodi di quel castello incantato. L'Armellina divenne subito la confidente di mia madre; ed il cieconato il confidente di mio padre. Io cresceva cara all'una e all'altro, poiché in grazia del mio buon cuore mi perdonavano tutte le mie insolenti vivacità; e difatti appena li miei genitori mi regalavano di un frutto o di una ciambella io correva a farne parte al cieco ed alla villana, che mi colmavano di baci e carezze. Incominciai fino da quell'epoca fanciullesca ad intendere qual forza hanno i regali su i cuori degli uomini, intendo villani.

Ho poche e confuse idee della mia infanzia; mi ricordo solamente che il cieco era la mia guida il giorno di festa nel condurmi alla chiesa parrocchiale, e la villana a sollazzo pel paese. Un anno dopo il nostro arrivo colà il povero Osvaldo (cioè il cieco), unico amico del padre mio, si ammalò. Io, allora di anni quattro, era la sua infermiera; egli mi chiamava il suo angioletto, ed io lo pregava di stabilirsi presto in salute per poter seco lui portarmi a raccoglier i funghi, che nasceano in gran copia in un prato vicino al castello. Una mattina, che mi sta fissa tuttor nella memoria, io mi portai al letto dell'ammalato, lo chiamai replicatamente con quella forza di polmoni che permetteami la mia età, lo scossi, lo chiamai nuovamente; egli era freddo del gelo della morte. Corsi alla camera di mia madre dicendole: – Il nonno dorme, ma è così freddo e duro, ch'io non lo conosco più. – Venne mia madre e spaventata esclamò: – È morto. – È morto? io replicai; oimè! egli non mi condurrà più alla Chiesa, e quel ch'è peggio neppure a raccogliere i funghi. –

Al morto cieco subentrò un certo Bernardo figlio dell'Armellina, che aiutava mio padre ad abbeverar le piante di agrumi ed i fiori del giardino; egli era gran leggitore di romanzi eroici, poiché in quel paese i villani sapeano tutti leggere, non so se per inclinazione naturale oppure in grazia del Cappellano della villa, che senza veruna vista d'interesse insegnava questa scienza a que' miserabili, contentandosi solamente del loro progresso e di alcune offerte caritatevoli che appartenevano alle quattro stagioni, cioè legna, vino, frumento e primizie. In tutto il resto dell'anno egli era disinteressatissimo su ogni rapporto.

Nelle lunghissime sere invernali il suddetto Cappellano veniva a godere dei poveri paterni miei lari, ove si ponevano al foco rape e castagne, e un gran boccale di vino puro: un tavolino ed un mazzo di carte era il divertimento che precedeva la comparsa delle castagne e del vino. Quando non si giuocava, il villano Bernardo leggeva ciò che gli comandava mio padre, ora il Tasso, ora l'Ariosto, ora il Cicerone del Passeroni, ed ora l'Omero del Boaretti. Io cresceva in mezzo alle idee greche e romane, coi Ruggeri e i Tancredi nella mente, con le Clorinde e le Bradamanti nel cuore, e con Alcina ed Ismeno nella fantasia, i portenti magici dei quali mi faceano sognar la notte e tremar il giorno. Alcune ottave del Canto VII del Tasso imparate a memoria come i papagalli, e da me recitate come una marionetta a quei villani, mi faceano passare per la picciola Sibilla del villaggio.

Oltre il leggitore Bernardo, la villana Armellina avea un altro figlio della mia stessa età, ma bersagliato talmente dalla rachitide che camminava col deretano. Questo infelice si chiamava Menin, diminutivo di Domenico. La madre sua in quei giorni che non andava ai lavori della campagna lo conducea seco alla mia abitazione e ve lo lasciava le intere giornate, mentre ella con la madre mia attendeva alle domestiche faccende. Il povero Menin era l'oggetto della mia pietà infantile. Egli era biondetto, buono e miserabile. Io faceva parte a lui di ciò ch'io possedeva, metteva in serbo una picciola porzione del mio pranzo, tutte le mie bambole erano a sua disposizione, gli permetteva che tenesse sopra i suoi storti ginocchi la mia gatta. Ogni volta che mio padre mi prometteva qualche regaluccio, io gliene facea parte, ed egli godea sorridendo della mia gioia, come piangeva allora che per mancanza delle paterne promesse mi vedeva piangere. Un anno dopo la nostra puerile amicizia incominciò a far uso delle sue gambe: la mia allegrezza fu eguale alla sua. Io lo condussi subito a vedere le statue del giardino, spiegandogli tutte le loro virtù se rappresentavano Eroi, e le loro favole se rappresentavano Divinità.

Poco tempo dopo mio padre fece il mediocre acquisto di un'asina. Io in età appena di sei anni era divenuta la nuova Erminia nel cavalcare trepidamente quella povera bestia, che si lasciava guidare pazientemente dal villanello Menin, allora divenuto mio scudiere. Mia madre sgridava continuamente con l'asina, con Menin e con mio padre per l'esercizio non adattato ad una figlia. Il mio genitore filosoficamente sorrideva dicendo che quella era la cavalcatura delle antiche Ebree, di cui aveva fatto uso la stessa regina delle vergini. Il Cappellano dava ragione a mio padre, ed io continuai a cavalcare. Da lì a tre mesi precipitai dall'asina e mi ruppi la fronte virginale, della qual caduta porto ancora la cicatrice onorifica.

Finalmente si pensò di mettermi a scuola. Oimè, che colpo! Dover dividermi da Menin! Strillai, pregai, promisi docilità, tutto invano. Alfine diedi un addio all'asina, ed obbedii; ma se tutte le mie ubbidienze fossero state così sincere avrei assai poco da lodarmi. La mia maestra, ossia direttrice, era una vecchia, nata cittadina, ma che per le sue disgrazie era venuta a sacrificarsi, diceva ella, tra i villani; era brutta come la Gabrina dell'Ariosto, e per bontà non le era superiore gran fatto. Eravamo tre fanciulle, che per insolenza ed indocilità non la cedevamo ai più arditi collegiali. Ella ci insegnava una quantità d'orazioni in latino, la così detta Dottrina Cristiana in italiano, il far le calzette ed il fuggire dagli uomini come dagli aspidi. Quest'ultimo precetto mi facea ricordare il povero Menin, e mi metteva di mal umore. Era cosa curiosa che la vecchia avea un nipotino di sei in sette anni tanto brutto e balordo, che pareva un bamboccio; toccava or all'una or all'altra delle tre alunne far vezzi a questo scimiotto, acciò fosse buono; quando toccava a me non faceva che mettere tutto in opera per farlo arrabbiare; la vecchia se ne accorse, mi castigò, ed io fuggii dalla scuola e tornai fra le materne braccia.

I miei genitori pensarono bene di tenermi al loro fianco, tanto più che la nonna paterna era venuta, non so perché, a star con noi. Ella era gran amatrice delle favole, e leggeva tutte le sere i Reali di Francia, ed il Guerino detto il Meschino. Fu in quell'epoca che mio padre per la morte di un suo fratello, ch'era giardiniere dello stesso N. U. Zenobio nel di lui palazzo dei Carmini in Venezia, si traslocò colà con tutta la sua famigliuola. Io compiva allora gli anni sette, e strada facendo incominciai a cangiar i denti, il primo de' quali fu da me custodito con gran gelosia, poiché, al dir di mia nonna, una certa strega, amica ai denti dei fanciulli, donava un soldo veneto per ciascheduno. Qual analogia avessero le streghe coi denti ho ancor da saperlo.

Eccomi a Venezia. Questa famosa, bella ed allor ricca città brillava di tutto il suo splendore. Il Doge Renier era il suo principe. Io lo vidi sposar il mare, e domandai a mio padre come la Chiesa permetteva un tal matrimonio, che univa la Dea Teti pagana ad un cattolico Principe. Ecco il frutto delle letture invernali impresse nella mia testa dal villano Bernardo e coltivate in me dal padre mio. Egli trovò così giudiziosa la mia riflessione, che la ripeté per molti anni alli suoi amici. Tutti i maschi e le femmine che partorì mia madre prima e dopo di me erano volati ad accrescere il numero degli angeli. Io sola era l'unica delizia e l'unica speranza di mia famiglia. Rassomigliava tanto a mio padre che sembrava un altro lui stesso; una ragione di più per essergli cara.

Il palazzo di Cà Zenobio era uno dei più belli di Venezia; esso sembrava una reggia. Il canale detto dei Carmini gli passava davanti. Un bel giardino gli abbelliva la vista di dietro. Due viali coperti di alberi fruttiferi formavano il recinto di questo; una vivace fontana di acqua dolce sorgea nel mezzo ed una galleria maestosa gli serviva di prospettiva nel fondo. Alla parte sinistra v'aveano le mura del convento dei Frati del Carmine, a tal che si udivano distintamente le loro salmodie. Dalla parte destra v'era un bell'orto, che per frutta ed erbaggi cedeva di poco a quello di Tempe. In fondo all'orto v'era un bel pergolato che formava uno dei punti di vista del giardino, sotto di cui si vedea la statua di Enea che portava Anchise sopra le spalle, seguito dal picciolo Ascanio, che mi fece ricordar subito il mio povero Menin.

La prima disgrazia che mi successe in Venezia fu la perdita della mia gatta morta decrepita sulla stessa seggiola dove io era solita di accarezzarla. La piansi alla disperata; il mio genitore lodò le mie lacrime, poiché erano non dubbia prova della mia sensibilità. Mia madre e mia nonna le biasimarono dicendo che per le bestie non bisognava piangere. Chi di loro avesse più ragione lascio giudicare a chi avrà avuto la sofferenza di legger fin qui queste memorie. L'estinta bestiola fu seppellita in fondo all'orto; un garzone lavorante nel suddetto gli piantò sopra il tumulo funereo, per compiacermi, un bel rosaio, le cui rose io chiamai sempre le rose della gatta.

La seconda disgrazia fu il vaiuolo, che in allora facea strage dei fanciulli. Questa crudel malattia mi assalì con tanta forza che fui tenuta per morta. Sul terzo giorno che le pustule erano nel loro fermento non mi fu possibile di poter aprire gli occhi. Stetti cieca sei giorni, cosa che mi fece ricordar il povero cieconato di Santa Bona, e compianger la disgrazia di lui, che più non esisteva, nella mia attuale disgrazia.

Anche da ciò parmi tralucere una certa filosofica carità, di cui non so spiegare il mistero. Nel breve periodo delli sei giorni, che mi sembrarono sei anni, udiva la voce de' miei parenti, che mi trapassava il cuore. Le lagrime del mio povero padre m'innondavano il seno, le mani e la faccia; le orazioni di mia madre, i tristi pronostici di mia nonna formavano un contrasto di affetti doloroso al pari della mia sventura. Finalmente riapersi gli occhi; fissai con un sorriso il mio corpicciuolo tutto tempestato di perle così scherzando io chiamai le pustule ridotte a matura supurazione.

Era nella più felice convalescenza allora quando si dovette troncarmi le chiome rese cadenti ed indocilissime dalla perniciosa malattia. Avrei data qualunque cosa per redimere i miei bellissimi capelli, ch'erano oggetto di meraviglia a chi li vedea, tinti dalla natura di un colore castagno oscuro, folti, inanellati e lunghi quasi quanto la mia gracile figurina; non li avrei dati per un tesoro. Conobbi allora d'essere vera femmina, poiché l'ambizione cominciava a prendere possesso delle mie idee. Per compensarmi della perdita mi fecero un elegante vestito di lana rossa; un berettoncino di velluto copriva la mia testa spoglia delle sue belle chiome come quella di Berenice. Il mio berettoncino era sovente adornato dal mio genitore con foglie sempre verdi di mirto e di lauro, che cresceano in gran copia nel giardino. Così preveniva il mio genio con gli attributi di Amore e di Febo, che divennero poscia i due numi che m'inspirarono tanti versi soavi e tante immagini ridenti.

In quei due anni che la mia famiglia si trattenne in Venezia passai il tempo ora giuocando con la bambola, ora frequentando una picciola scuola femminile poco lontana dalla mia casa, cioè in campo così detto dell'Angelo Rafaele. La direttrice era una buona vecchietta, che mi amava ad onta della mia vivacità che bene spesso le mandava sossopra tutta la scuola. Io raccontava alle mie compagne tutto ciò che aveva sentito leggere dei Paladini, delle Fate, delle Metamorfosi, e dell'Eneide. Non badavano più alle orazioni, né ai lavori; tutta la stanza risuonava di favole, d'istorie e di nomi estrani, barbari, fantastici, greci e latini. La direttrice pregava, minacciava, prometteva; tutto era inutile: ella si portò finalmente da mia madre dicendo che era costretta a congedarmi con dispiacere, poiché era un diavoletto indomabile.

Eccomi nuovamente fra i paterni lari. Mia nonna si prese la cura di farmi da maestra tenendomi chiusa seco nella sua cameretta. Incominciò dall'insegnarmi di bel nuovo l'abbiccì, promettendomi, se io imparava, di lasciarmi erede di tutta la sua libreria, che consisteva in vari romanzi, alcuni libri di preghiere, le meraviglie dei Santi del Padre Rossignuoli; libri che raccontavano miracoli i più prodigiosi. In poco più di due mesi che durò la nuova mia educazione feci tanto diventar matta mia nonna, che s'ella avesse avuto pazienza mi sarebbe stata debitrice della gloria del Paradiso.

Nei giorni di festa il mio buon genitore mi conduceva a veder ciò che offriva Venezia di più interessante, cioè la gran piazza di S. Marco, la Chiesa dello stesso nome, l'altissimo suo campanile, la riva degli Schiavoni, le Zattere, la Giudecca, il ponte di Rialto, alcune Chiese bellissime, alcuni giardini particolari, ed il gran Lido del mare. Questa ultima veduta, non so perché, mi piaceva più di tutto.

Finalmente la mia famigliuola se ne ritornò alla sua diletta Santa Bona. Io era fuori di me per l'allegrezza. Pregai mio padre a far l'acquisto di un pulcinella per regalare il villanello Menin, ed il padre non tardò a compiacermi contro il parere di mia madre, ch'era alquanto avara, altra qualità della maggior parte delle femmine. Ci siamo tutti imbarcati una mattina di aprile, cioè mia nonna, mio padre, mia madre, il pulcinella ed un cane da caccia chiamato Libri. Fino il nome del cane odorava di letteratura. In laguna presso San Secondo fummo in gran pericolo di annegarci per una burrasca che improvvisamente sorse dal mare. Tutti tremavano e si raccomandavano al cielo; io sola non concepiva paura di sorta, provando anzi un secreto piacere nel contemplar quell'onde tumultuanti, figurandomi la nave agitata ed il mare tempestoso di Marfisa dell'Ariosto, descritto da quel sommo ingegno con l'ottava «Stendon le nubi un tenebroso velo». La nostra barchetta prese porto all'Anconetta ove un fraticello suonava alla disperata due picciole campane, non so se per allegrezza o per paura. Appena smontata in terra presi il mio pulcinella in braccio, e tutta giubilante per aver lasciata l'acqua e per dover tra non molto rivedere Menin mi posi a batter da vera eroina campestre a piedi la regia strada del Terraglio. Vi fu bisogno di tutta l'autorità paterna onde persuadermi a montare in una cattiva vettura, in cui feci il mio trionfale ingresso nella sospirata Santa Bona, fra gli evviva dei villani, che ci attendevano a braccia aperte.

Prima della nostra partenza per Venezia il mio genitore strinse amicizia col marchese Montanaro Bomben di Treviso e con Giovanni Pozzobon della stessa città, ambo poeti di grido, l'uno per istile serio, e l'altro faceto, come si dipingeva egli stesso nei suoi lunari volgarmente detti el Schieson Trevisan.

Il primo regalò mio padre di una cagna chiamata Selva, la quale da lì a poco che fu in nostra casa si ricordò di essere femmina e partorì nove cagnolini, che mio padre serbò tutti in vita ad onta delle continue rampogne di mia madre, che quasi nuova moglie di Giobbe sgridava ad alta voce la filosofica bonarietà del marito. Il secondo mi dicono che venisse di quando in quando involto nel suo vecchio ferraiuolo a trovar mio padre, e passeggiando il giardino faceva seco lui dei gran discorsi sull'astronomia, sulla distanza e grandezza dei pianeti, sulle macchie del Sole, sulle fasi della Luna e perfino sulla coda, sulla barba e sulla chioma delle comete.

Io acquistai le nuove cognizioni astronomiche, e sul più bello del tranquillo mio sonno era svegliata dal genitore per condurmi seminuda ad osservar la bellezza dei pianeti Giove, Marte, Venere, la stella polare, il carro di Boote etc. Io sognava un momento dopo le cose celesti, anzi di esser in cielo, mentre mi ritrovava sul mio duro letticciuolo.... Oh quanti infelici sognano lo stesso!

Allora che avea già compiti li nove anni, mia madre si pensò cristianamente di condurmi alla Chiesa, onde farmi far la confessione così detta spirituale. Mostrai qualche ripugnanza, solita nelle cose che si fanno per la prima volta;

tanto più che vedendo il cappellano così serio nel suo nicchio, dopo averlo veduto tanto allegro in mia casa passar le sere invernali tra il vino e le rape, mi sentii così oppressa dalla soggezione che non aveva gambe per accostarmi a quel santo tribunale. Pure mi feci coraggio, e già stava per inginocchiarmi, allorché mia madre mi venne all'orecchio dicendo: – Raccontagli tutto o andrai all'Inferno. – Questo fiero precetto, che non ammetteva via di mezzo, mi sgomentò a grado, che sul momento corsi a casa spaventata dall'inferno e dal dover dirgli tutto.

V'erano in mia casa due stampe vecchie, forse ancora di quelle regalate dal Bassanini; l'una rappresentava Santa Cecilia, e l'altra Santa Maria Maddalena. Mi pensai di levar dalla cornice la seconda e di porvi la prima. Mio padre mi sgridò; io risposi con ingenuità puerile: – Caro papà, l'una piange, e l'altra suona; è meglio tener l'ultima che la prima. –

In quella stessa state il N. U. conte Alvise Zenobio, padrone di mia famiglia, venne a passare alcuni mesi nella villeggiatura di Santa Bona, cosa che empì di giubilo tutto il paese. Quel cavaliere si dilettava di tirar colpi di pistolla ad una certa prefissa meta con altri signori suoi ospiti di campagna. Un giorno che si facea nel cortile questo strepitoso giuoco, il padrone mi vide immobile spettatrice, e ne stupì. – Vieni qui fanciulla, mi disse, spara questa pistola, ed io ti faccio un regalo. – Mio padre, lì presente, m'incoraggì, ed io la presi e la sparai tra gli applausi e la meraviglia dei cavalieri. Il padrone mise la mano in tasca e mi regalò sul momento uno zecchino, che per essere il primo ch'io avessi veduto mi fece in tutto quel giorno balzar di gioia, e non dormire la notte per la consolazione. Rimasi però tanto sbalordita dallo strepito della palla, che mel ricordo come fosse adesso. Il che mi fece sempre odiare le terribili armi da fuoco.

Il conte Alvise Zenobio era stato varii anni in Inghilterra, innamorato nella singolarità di quella nazione. Nel suo ritorno alla patria condusse seco due camerieri inglesi, l'uno amante delle bottiglie, e l'altro dei libri; credo avesse più ragione il primo che il secondo, poiché le bottiglie allontanavano il suo umor tetro; al contrario l'altro se lo accresceva con le sue letture. Quest'ultimo spiegò a mio padre in cattivo italiano le tanto stimate opere di Sakespeare, mio padre le ripetea all'amico cappellano, ed io, sempre presente, le apprendeva a memoria, meglio di lui. La mia picciola testa finì di empirsi di re avvelenati, di regine sonnambole, di streghe e di pietosi assassini.

Correva in quell'Autunno la giornata di San Girolamo, santo protettore del bosco del Montello, nel cui centro ombroso s'innalzava una Chiesa ed un bel convento in cui viveano in santo ozio giovani robusti e vecchi sanissimi col titolo castissimo di Certosini, che faceano la carità di alloggiare con tutte le formule della ospitalità i passeggeri che colà si fermavano mossi dal bisogno e dalla curiosità. Mio padre, ch'era amico di alcuni di questi Anacoreti, mi condusse seco a vedere quel luogo, che in verità era bellissimo per forma e per situazione. Correva dico la giornata del loro Santo protettore, allorché m'inviai con mio padre a quella volta. Fui veramente sorpresa, benché non solita a sorprendermi, in vedere un tale spettacolo. Per tutte le strade del bosco si vedeano uomini, donne, vecchi, fanciulli, asini che portavano signore, carri che conducevano persone d'ogni sesso, di ogni qualità; e tutti s'inviavano alla Certosa. Arrivati colà, tanto i nobili che i non nobili aprivano i loro cesti, deponevano i loro fardelli, spiegavano le loro salviette, esponevano le loro bottiglie, bottiglioni, e perfino botticelle di vino, tutto sull'erba, non essendovi né tavole, né sedie, né panche. Stese ed esposte le vivande, sedeano confusamente Dame, Cavalieri, Militari, Contadine, Villani, Preti, Frati, etc. Tutti mangiavano, beveano, e facevano un chiasso di casa del Diavolo. Non ci mancava un'orda di suonatori, nemici acerrimi delle concordanze, i quali più inspirati da Bacco che da Febo pareva che avessero il furore nelle dita. Si cantava, si suonava, si rideva, si danzava da disperati, e finalmente giunta la sera tutti tornavano a casa camminando come le anitre, parte pel troppo vino tracannato, e parte per la poca cognizione delle strade e del bosco. Era un bel punto di vista tante e sì varie persone raccolte ad un solo oggetto; a me pareva di vedere il deserto di Tiberiade, ove il Salvatore fece il bel miracolo dei pani e dei pesci saziando la fame a tanta moltitudine; che se questi non erano come quelli affamati, mangiavano però seduti sull'erba, ed erano così contenti che me ne ridestavano l'idea.

Verdeggiava la novella stagione del mese di Aprile, allorché mio padre si trasferì sul Terraglio nel luogo di delizia dell'eccellentissima famiglia Albrizzi di Venezia, ove si trovava maritata la rispettabile e benefica Dama Alba Zenobio unica sorella del suddetto conte Alvise. Ella aveva bisogno d'un bravo giardiniere, e a quest'ufficio fu eletto degnamente il mio genitore. La pianta del luogo era deliziosissima; non si potea vedere situazione più ridente. Si ammirava un palazzo fiancheggiato da due superbe barchesse; un bel parterre davanti con maestosi cancelli di ferro; il continuo passaggio delle vetture e dei forestieri che si portavano a Venezia oltre un bellissimo stradone formato da due lunghe fila di castagni salvatici. Al di dietro del palazzo v'era un gran brolo, che mio padre ridusse ben presto a giardino con ispalti adorni di statue, con viali coperti di ombre verdeggianti, con un laghetto, a cui sorgea nel mezzo una zampillante fontana, con colline, boschetti, parco pei cervi, e con un laberinto di cui io era divenuta la picciola Arianna, poiché avendone imparata la vera direzione era chiamata da tutti quelli che voleano vederlo acciò servissi loro di guida in quell'ingegnoso recinto, di cui il mio genitore era stato l'italico Dedalo.

La curiosità ch'io aveva per saper tutto ciò che risguardava pitture e sculture mi risvegliò l'idea di voler imparar a leggere, poiché il voler imparar a scrivere era delitto di lesa maestà presso la mia famiglia. Mio padre, ch'era buono come un angelo, mi avrebbe contentata anche in questo, ma mia madre e la nonna gridavano, ed erano inesorabili su tal proposito. A forza di prieghi mi si permise che un povero vecchio falegname di casa, nelle brevi ore che avea di ozio, m'insegnasse il tanto per l'avanti detestato abbiccì. Io aveva undici anni compiti, una memoria felice, ed una smania estrema di apprendere. Tutti i danari ch'io possedeva me li aveva fruttati il farmi guida pel laberinto; li consegnai al falegname, ch'era divenuto il mio Mentore, onde mi provedesse i libri necessari. Mi procurò la vita di Giosafatte ed il Fior di Virtù, oltre la vita di Bertoldo e quella delle Vergini. Ecco la mia libreria, ed eccomi attentissima a divenire erudita tra gli applausi di mio padre e il brontolare di mia famiglia.

Li miei studi furono brevi, poiché da lì a sei o sette mesi il maestro passò all'eterno riposo. Seguitai però ostinatamente, e da vera femmina, la intrapresa carriera, ora rileggendo sola quel poco che aveva imparato dal vecchio falegname, ed ora fecendomi istruire da un fanciullo della mia età figlio del fattore, che abitava nello stesso luogo delizioso. In quelle ore che non era alla scuola s'interessava volentieri nell'insegnare agl'ignoranti, come diceva egli. Io lo pagava col raccontargli le novelle delle fate ch'io sapeva in gran copia a memoria, e ch'egli ascoltava con tutta attenzione. Ecco il mio secondo Mentore pagato a forza di fiato e di polmoni.

Pochi mesi dopo le lezioni fanciullesche, in cui io faceva gran progressi, per esser piena di memoria e curiosità, osservai fra i libri del picciol maestro un tomo dell'opere immortali del Metastasio; era adornato di rami allusivi, e questo bastò per innamorarmi del libro. Glielo dimandai con tanto calore, come se gli avessi domandato un manoscritto di Omero, esibendo al fanciullo tutti li miei libri, ed anche assumendomi l'obbligo di raccontargli tutte le novelle ch'io sapeva. Egli cedette a questa ultima tentazione, ed eccomi posseditrice d'un libro a cui deggio tutto il mio sviluppo poetico. O divino Metastasio! Tu eri la mia delizia: io ti leggeva di giorno mercé la luce del Sole, io ti leggeva di notte mercé il lume della domestica lucerna, zeppa d'oglio rubato a mia madre. Tu formavi le mie idee, ammollivi il mio cuore, e accendevi la mia anima con mille idoletti affettuosissimi....

La sensazione che faceva questa lettura nelle mie facoltà intellettuali non è possibile di esprimerla. Qualche tempo dopo io mi ammalai di un putrido verminoso; e si dubitò della mia vita. Aveva già compiti li dodici anni; mia madre mi raccomandò ai dodici Apostoli; alcuno d'essi aiutò la mia forte complessione, e mi ridonò la primiera salute, che fu alquanto restia a comparire intiera per essere la stagione frigida ed incostante. In quella lunghissima convalescenza cominciarono in me a scintillare le prime faville di ardore apollineo. Passava le intere giornate sola nella mia cameretta con la cara compagnia del tomo di Metastasio, ch'io sapeva quasi a memoria. Stanca del continuo leggere passeggiava con aria distratta recitando senza regole declamatorie ciò che aveva già letto cento volte, ed annoiata di replicar sempre le stesse cose ne creava bizzarramente di nuove. Oh forza della novità sei pur possente sul cuore umano! Li primi versi ch'io modulai senza aurea cetra, ma col solo entusiasmo dell'età prossima a svilupparsi furono diretti all'Aurora e incominciavano così:

Già sorta era la rosea

Diva, che il ciel colora,

Che gli astri rende pallidi,

Che l'orizzonte indora. etc.

Alcuni che avranno avuta la sofferenza di legger fin qui queste memorie esclameranno: oh! non è possibile che una fanciulla di tredici anni e con sì pochi studi abbia avuta tanta abilità! Lo giuro con tutta l'ingenuità della mia innocenza d'allora, questi furono li miei primi versi.

Passata appena la convalescenza fui assalita dalla febbre detta terzana, che mi tormentò un anno appunto. In grazia di codesta benedetta febbre mi si permise ogni sorta di sollievo; io non ne bramava che uno, ed era che mi lasciassero leggere il mio diletto Metastasio. Aveva fatto l'acquisto da un povero muratore, che dicea averli trovati in una soffitta, di due nuovi libri poetici, cioè d'un tomo dell'Ariosto, e d'un Pastor fido del Guarini. Alcuni canti del primo ed alcune scene del secondo mi rapivano. Mio padre me li trovò tra le mani, mi sgridò altamente, me li tolse, e mi diede in cambio il Ricciardetto del Fortiguerri ed una cattiva edizione del Petrarca. Tutto quel tempo ch'io non era tormentata dalla terzana lo era dalla smania poetica; improvvisava soletta li miei poveri versi con libero entusiasmo, non avendo altri spettatori che le statue e gli alberi del giardino.

Verso li quattordici anni si destò in me la brama d'imparare assolutamente a scrivere. Una vecchia tabacchiera dismessa da mio padre fu il mio primo calamaio. Il fanciullo maestro mi regalò una penna, un po' d'inchiostro, delle soprascritte di lettere raccolte nella fattoria, che per allora mi servirono di libro. Dietro a ciò ch'io leggeva incominciai a segnare le prime lettere: io appoggiava la carta stampata d'una poesia fatta per messa nuova o per nozze ad una finestra, stendeva sopra di quella un pagina del mio libro, e scriveva arditamente aiutata dal lume del giorno ciò che aveva letto e riletto tante volte di notte. Il suddetto fanciullo mi recava di quando in quando nuovo inchiostro, nuove penne e nuove soprascritte; credo che questo fosse un innocente furto fatto a suo padre fattore, non so se per indole naturale, essendo suo figlio, oppure per la tentazione di udire da me le sorprendenti novelle delle Fate.

Un giorno nell'Autunno dello stesso anno vidi passare pel Terraglio il conte Alessandro Pepoli. Egli guidava sulla sua bella biga due veloci cavalli: era giovine, bello e benfatto; mi parve di vedere un Apollo, e gli feci un sonetto, che incominciava: Questi che vien sopra di cocchio aurato. Lo scrissi con la pazienza di copiare ad una ad una tutte le lettere necessarie sparse sulle stampe, senza certe regole grammaticali, ed attendeva l'incontro di farglielo pervenire. Mio padre, a cui io aveva confidato i nuovi studi, sorrideva tacitamente nell'udire i miei poetici strambotti. Appena eseguito e scritto con caratteri non intelligibili che a me sola il nuovo parto poetico, corsi in fondo al giardino a farglielo sentire. Mi ascoltò, mi lodò, mi fece coraggio; anzi s'infervorò egli stesso per farlo passare nelle mani del Pepoli. Di quando in quando capitavano Dame e Cavalieri nell'Eden Albrizzi. Un giorno mio padre mi chiamò a se; io corsi a lui, che mi presentò al N. U. Giovanni Brescia, signore d'una maestosa figura e di una benigna fisionomia. Gli recitai il sonetto. Egli mi ascoltò senza udirmi; e, pregato da me, finse di accettare l'impegno di presentarlo egli stesso a chi era diretto. Pochi giorni dopo trovandoselo già dimenticato in tasca lo spiegò; e stava in atto di accender la sua pippa col mio povero parto poetico, se, per buona sorte di me e del sonetto, vicino al cavaliere fumatore non vi era il N. U. Francesco Bragadin, la di cui bontà mi starà sempre fissa nella memoria, il quale domandò che carta fosse quella. – Un sonetto, rispose, che mi consegnò la figlia del giardiniere di Cà Albrizzi riscaldata la testa nella poesia, acciò lo presentassi al Pepoli. – Oh povera picciola, esclamò il Bragadin, si è bene raccomandata! Date qua, che glielo presenterò io. – Difatti mi recò la risposta da lì a pochi giorni con mia somma sorpresa, il principio della quale era: Onde vien questa voce? E qual d'intorno etc. Questa gentile risposta mi rese interamente dedicata alle Muse, credendo che li miei versi non fossero tanto cattivi, poiché erano piacciuti al Pepoli.

Il conte Pepoli era uno di que' fenomeni che di tratto in tratto offre la natura per dar un'idea di vizi e virtù bizzarramente accozzati; in una parola egli era un nuovo Alcibiade, poeta comico, tragico, lirico, maestro di scherma, danzatore, musico, letterato, tipografo, cavallerizzo, amante degli stravizzi, delle belle arti, del lusso e delle donne. Forse in altro secolo sarebbe passato per un filosofo; nel nostro passava per un pazzo. Non so quale delle sue tante passioni siagli stata la più fatale. Egli morì sul fior degli anni, compianto da molti, ma principalmente dai suoi creditori.

Il mio carattere appreso dalla luce della finestra si rendeva sempre più intelligibile, ed io ne faceva uso ogni momento per iscrivere le mie primizie poetiche. Ebbi in quello stesso anno a vedere per la prima volta la contessa Isabella Teotochi, ora Albrizzi. Questa bella Dama adorna di spirito, coltura e gentilezza passeggiava il giardino fra molti nobili ed eruditi cavalieri; mi accostai a lei presentandole un fiore ed un epigramma, di cui non mi ricordo che la seconda parte; eccola:

Il favore ch'io dimando

Io ti prego nol negar:

Questo fior ti raccomando

Sul tuo seno di posar.


La dama gentilmente lo aggradì: anzi aggradì l'uno e l'altro. Mi regalò sul momento le bellissime canzoni del Savioli, che mi resero estatica di ammirazione. Non molto dopo la stessa Dama m'incoraggì con nuovi favori spedindomi da Venezia la traduzione dell'Eneide dell'Annibal Caro, e le Metamorfosi di Ovidio tradotte dall'Anguillara. La replicata lettura di quest'ultimo libro mi fornì la fantasia di tutte quelle erudizioni mitologiche ch'io feci e fo brillare di quando in quando ne' miei versi.

A canto di quest'amabile contessa ebbi la bella sorte di conoscere il celebre letterato cavalier Ippolito Pindemonte, che sotto una tranquilla fisionomia vanta un'anima adorna di tante belle e luminose virtù.

Indi a non molto il suaccennato N. U. Bragadin, più ricco di cuore che di fortune, venne nuovamente a ritrovar mio padre sopra un suo bianco e prudente cavallo. Egli mi portò in dono le poesie dello Zappi, alcune del Frugoni, ed un Rimario del Ruscelli di cui non ebbi però mai la pazienza di far uso. Mi ricordo che questo signore volle veder li miei scritti, ed osservando ch'erano privi di punti e di virgole prese un toccalapis e m'insegnò a fare il punto ammirativo e l'interrogativo, additandomi anche il sito ove doveano essere segnati. In prova di mia gratitudine feci subito alcuni versi sul suo cavallo, ch'ebbi l'ardire, da vera seguace di Apollo, di paragonare ad uno di quelli del Sole


Sopra quel candido

Destrier divino

Sei forse Apolline

O il Bragadino? etc.

La eccellentissima famiglia Albrizzi, che passava tre mesi dell'anno a villeggiar sul Terraglio, mi colmava di carezze e regali ogni volta ch'io le presentava o fiori o poesie. Due graziosi fanciulli di sesso diverso erano la delizia e la speranza di quella ricca famiglia. Questi erano affidati ad un vecchio servitore in parrucca, che si chiamava Pasqualino. Provava un gran sollievo, diceva egli, alle sue fatiche (che non ne faceva alcuna) nel sentir li miei versi. Me ne recitava di quando in quando anch'egli, di cui se ne spacciava autore. Io li trovava più oscuri degli antichi oracoli. Questo Pasqualino era gran leggitore delle commedie del Goldoni. Io le ascoltava con molto piacere, ed egli nel partire per Venezia me ne regalò alcune, che io leggeva a mia madre senza essere sgridata.

Dopo alcuni anni ch'io mi trovava sul Terraglio mia madre arricchì la nostra famiglia d'una nuova fanciulla, ch'essendo rimasta in vita al contrario dei maschi mi rapì tutte le carezze materne e paterne. Io gliele cedetti volentieri, poiché così poteva, non osservata, leggere e scrivere versi impunemente.

Un giorno, scherzando nella barchetta ch'era nel laghetto in fondo al giardino, «non scesi no, precipitai di barca»; lottai per non pochi minuti coi vortici prodotti dalla mia caduta, ed era già per annegarmi, come una novella Saffo, ma per causa diversa, poiché quella si annegò per amore ed io mi annegava per timore e balordaggine. Mio padre accorso al mio pericolo mi levò dall'acqua, e mi batté fieramente dicendo: – Un diavolo scaccia l'altro. – Da quel giorno io odio mortalmente i proverbi.

A proposito della mia vivacità mi sovviene un fatto che ha del ridevole non poco. Nel numero degli amici di mio padre v'era un certo frate laico scalzo, detto fra Giovitta. Egli capitava spesso in mia casa con la pacifica compagnia di un'asinella, di cui si serviva per trasportare al suo convento di Treviso tutto ciò che ottenea dai villani a titolo di carità. Un giorno mentr'egli dialogava col padre mio osservai la somarella, che sopra lo stradone delli castagni mangiava pittagoricamente l'erba. M'insorse un pensiere bizzarro; corsi nel giardino a raccogliere alquante rose, ne formai una ghirlanda, ed incoronai l'asina, le cui orecchie lunghissime spuntavano nel mezzo rittamente, quasi fossero segnali di allegrezza per la sua coronazione. Frate Giovitta si congedò da mio padre, e senza badar punto alla sua compagna di viaggio s'inviò verso la città. È cosa ben nota che gli asini vanno avanti, ed i loro condottieri di dietro. Il frate di nulla si accorse, tanto più che i fardelli ammonticchiati sulla groppa asinesca gl'impedivano la vista. Scorgeva solamente, con suo stupore, che tutti quelli in cui s'incontrava ridevano a più potere guardando l'asina. Da principio egli seguitò per un miglio la strada poco curando le risa altrui. Ma finalmente si mise in curiosità di vedere cosa avesse l'amica bestiuola di meraviglioso, che faceva rider tutti quelli che la incontravano. Il povero frate fece un salto di sorpresa, allorché vide la cagione delle pubbliche risa. Stracciò la florida ghirlanda e, non so perché, bastonò terribilmente l'innocente asinella. Giunto al convento raccontò la burla agli altri frati, e tutti risero a spalle di frate Giovitta.

Alcune domestiche circostanze obbligarono mio padre a trasferirsi nuovamente altrove con la sua famigliuola. Egli passò al servigio del N. U. Conte Spineda di Treviso nel suo luogo di delizia situato in una malinconica villa detta Breda, non molto lontana dal fiume Piave, verso Oderzo.

Il conte Spineda era dilicatissimo di complessione e per genio passava quasi tutto l'anno in campagna; amava la caccia, i liquori, le opere di Voltaire, e soprattutto i cavalli; anzi questa ultima passione era la sua predominante. Era caratterizzato misantropo, perché fuggiva la società, trovandosi, diceva egli, assai meglio fra i contadini. Nelle ore in cui non era occupato ad accarezzare li suoi cavalli si portava alla mia casupola, che era in fondo al giardino, sedeva sull'erba, e mi leggeva con molta grazia l'Asino d'oro di Lucio Apuleio. Egli aveva sposata, a dispetto del pregiudizio della nobiltà, una Signora bellissima, ridente, colta, spiritosa e saggia. Chi credesse alle trasmigrazioni, direbbe che l'anima di Aspasia è annichiata nel bel corpo della contessa Spineda. Questa leggiadra signora mi amava, perché a suo dire trovava in me qualche cosa di singolare oltre la poesia. Mi conduceva seco in carrozza, m'invitava spesso a pranzo, mi faceva andar seco al teatro, e mi regalava continuamente libri di poesia. Avendo ella moltissime relazioni con persone colte ed erudite, parlava a tutti con gentilezza della sua Saffogiardiniera, come solea chiamarmi, e mi presentava alla sua numerosa conversazione, ove tutti mi ammiravano non so se per far la corte alla mia poesia, oppure alla bella mia protettrice.

Un giorno essa mandò a levarmi nel suo carrozzino, onde farmi personalmente conoscere il celebre Ugo Foscolo. Il suo vestito di panno grigio oscuro, senza alcun segno di moda, li suoi capegli rossi radati come quelli d'uno schiavo, il suo viso rubicondo tinto non so se dal sole oppur dalla natura, li suoi vivacissimi occhi azzurri seminascosi sotto le sue lunghe palpebre, le sue labbra grosse come quelle d'un Etiope, la sua sonora ed ululante voce, mel dipinsero a prima vista per tutt'altro che per elegante poeta. Egli appena mi vide s'alzò da sedere dicendo: – È questa la Saffo campestre? è molto ragazza; si vede dai suoi occhi ch'è vera poetessa. – Il suo complimento mi fece ridere. – Gran bei denti! esclamò egli; ditemi alcuni dei vostri versi. – Dietro a queste sue lodi non mi sembrò più tanto brutto; mi feci coraggio, e gli recitai un mio idilio pastorale, ch'egli applaudì avvicinandosi a me più che non permetteva la decenza della vita civile. Mi dimandò cosa io pensava di Saffo. – Penso, risposi, ch'ella fosse più brutta che brava, poiché Faone la abbandonò.... – Oh cosa dici, ragazza mia? esclamò Foscolo, questa è una bestemmia; Saffo era bellissima, grande, bruna, ben fatta, ed avea due occhi che pareano due stelle. – Pregato dalla contessa Spineda a farci lieti dei suoi bei versi, fu compiacente, e ci recitò con molta naturalezza alcune ottave sulla voluttà, alcune terzine dirette ad una sua Virginia, di cui i maligni dicevano che fosse da esso amoreggiata onde ottener grazie più favorevoli alla sua economia che alla sua sensibilità. I suoi versi mi resero estatica. Pareva veramente inspirato da un nume. Tra l'immaginazione italiana brillavano tratto tratto lampi di foco pindarico. Egli sembrava un genio celeste che rendesse omaggio alle divinità della terra.

Il giardino di Breda, di cui il conte Spineda era stato l'architetto, offriva un bell'ammasso di contrapposti. Uno spalto erboso formava un semicircolo, nel mezzo del quale parea che Flora, Vertunno, Bacco e Pomona andassero a gara onde avere la preferenza. Fiori, erbaggi, viti pampinose, alberi fruttiferi erano gli ornamenti dei suoi viali e del suo recinto. Oltre la metà era rinfrescato da una simmetrica fontana; nel fondo v'erano alcune belle serre per gli ananassi fiancheggiate da due pergolati di agrumi con griglie verdi disegnate, si supponeva, sul gusto chinese.

Nelle lunghissime sere invernali mio padre si aveva formata una società di villici, che parlando di lepri, di beccacce e di cani da caccia passavano le ore felicemente: tutte cose per le quali mio padre era trasportatissimo. Di quando in quando io era pregata dalla stessa madre mia (già annoiata di que' discorsi) a leggere qualche commedia del Goldoni, e, quello ch'è più da ridere, qualche tragedia d'Alfieri, di cui que' villani si mostravano appassionati. Oh, dirà taluno, come facevano ad intenderle? Io aveva la pazienza di spiegar loro tutto ciò che v'era di oscuro, anzi davano la preferenza all'Oreste, commovendosi fino alle lagrime.

Passato l'inverno, troncando i vigneti e tagliando il frumento si replicava ciò che aveasi udito nelle letture invernali, e qualche volta si usavano le alte espressioni alfieriane. A proposito mi soviene una circostanza graziosissima, che fece per molti anni ridere Cesarotti, a cui io l'aveva narrata. Due di quei villani stendevano il frumento nel cortile ch'era innanzi alla fattoria Spineda per dover poi ben secco consegnarlo al granaio. Stanchi di abbrustolirsi per molte ore al sole ardentissimo, e vedendo che il fattore non trovava mai secco abbastanza il frumento, uno dei due villani esclamò:  «Oh rabbia! e tacer deggio?»... – A cui rispose subito l'altro: – Sommesso parla: «Mura di reggia son», testa di c.... –

Non so se l'ombra del Sofocle d'Asti avrà uditi questi suoi partigiani sdegnosa o placata; so che ciò raccontando feci moltissimo ridere il Cesarotti. In conseguenza di queste tragiche cognizioni vari fanciulli di que' villani furono battezzati col nome di Oreste, di Carlo, di Virginia etc., con qualche ripugnanza del Parroco.

Un anno dopo che la mia famiglia erasi domiciliata in Breda ebbi a far conoscenza col Dottor Ghirlanda di Onigo. Egli era un uomo amabile, e scrivea in poesia con molta grazia. Mi presentò alcuni versi pastorali amorosi, a cui risposi dandogli il nome di Lindoro. La finzione divenne verità. Io non facea che scrivere versi amorosi, a cui Lindoro rispondeva, se non con pari affetto, almeno con pari energia. Egli tentò di farmi ritrarre da certo pittor di Venezia (Alberto Scaramella), che non poté mai riuscirvi, non so se per instabilità della mia fisionomia oppur del suo ingegno.

Poco tempo dopo fui condotta dal mio genitore a Bassano. La mia curiosità era di veder l'italico Anacreonte Vittorelli. In quel giorno non si trovava in città: scrissi sul momento alcuni versi ch'egli aggradì gentilmente, e di cui non mi ricordo che il fine, eccolo:


Chieder del suo ritorno

Volea alle Grazie belle,

Ma avean seguito anch'elle

Il loro imitator.


Egli ritornò il giorno dopo, ed ebbi la felicità di personalmente conoscerlo. Oltre all'onore di pranzar seco, mi consigliò gentilmente a leggere e rileggere l'Eneide di Virgilio, traduzione di Annibal Caro, dicendo esser quella la vera fonte onde si attinge il pensiero e lo stile che formano le grazie anacreontiche.

Due mesi dopo aver veduto Bassano un mio cugino mi condusse a veder Conegliano. Questa ridente e picciola città mi piacque assai. Il poeta Zacchiroli occupava l'ultimo gradino della scala delle autorità civili; era Viceprefetto. Erano a lui ben noti i miei versi, e questo bastò perché volesse vedermi. Mi gli presentai con la falsa prevenzione che fosse amabile come le sue canzonette. Mi accolse con una sterile cortesia, e mi recitò un suo melodramma intitolato Giuda all'albero. M'accorsi con dispiacere che quella parte era molto bene addattata alla sua fisionomia. In quell'incontro conobbi il conte e la contessa Sarcinelli, che mi colmarono di favori ospitali.

Non so se prima o dopo feci la conoscenza dell'Ab. Bernardi, maestro nel Seminario di Treviso. Benché zoppo, camminava con molta agilità: li suoi grigi e sollevati capegli parevano quelli di Eolo. Faceva versi, e li recitava con molto entusiasmo. Teneva corrispondenza letteraria con Cesarotti e con Mazza, ed a lui deggio la gloria d'essere stata cara a questi due Geni immortali.

Allo stesso tempo in cui conobbi l'Abate Bernardi, nacque un compassionevole caso tragico; eccolo. Certo padre V.... maestro nel collegio dei Somaschi di Treviso, bello, giovine, ed un po' troppo galante, eccellente fabbricatore di rosoli, si cacciò coraggiosamente una palla di pistolla nelle cervella. Alcuni suoi confratelli accorsi allo sparo ed all'odore della polvere lo trovarono steso sul suo letto con la pistolla ancor nella mano destra e con una bottiglia del suo buon rosolio nella sinistra, di cui se ne era servito per farsi coraggio nel passar da un mondo all'altro. La vera causa della sua disperazione è ancor ignota. Chi volea che fosse amore, chi gelosia, chi timore che i suoi liquori non piacessero più ad una bella Dama, di cui passava per innamorato.

Vari mesi dopo questo tragico avvenimento conobbi l'Abate Viviani, uno dei tanti figli putativi del Cesarotti. Questo giovine abitatore del colle era adorno di talenti e cognizioni superiori alla sua età ed alla sua condizione. Scrivea con grazia in verso e con garbo in prosa. Avea un buon cuore suscettibile a più di un affetto, dedicandosi all'ultimo senza scordarsi del primo. La sua memoria non era una delle sue principali qualità; per questo difetto, del quale non ne avea certo colpa, compariva alquanto imbrogliato in società, e talvolta trascurato nei suoi impegni. Egli scrisse per me alcune terzine sulla felicità dell'amare, che mi fecero ricordare lo stile del Monti. Gl'indirizzai molti dei miei versi pastorali, chiamandolo col nome di Dafni, per cui obbliai il nome, ma non la grata memoria dovuta a Lindoro, facendomi un pregio di stimar sempre chi mi fu caro una volta, non so se per giustizia o per amor proprio.

Nei due anni che durò la nostra poetica corrispondenza fui presentata col suo mezzo al Cesarotti, che dietro alle mie notizie avute dall'Ab. Bernardi ardea di voglia di vedermi. Mai più mi figurava tanta amabilità in un vecchio, né tanta indulgenza in un letterato. Li miei versi gli piacquero a grado che volle onorarli con una edizione fatta a sue spese nella Tipografia N. Bettoni di Brescia. Non era questa la prima volta che i miei poetici scritti fossero affidati ai torchi; poiché l'Abate Bernardi aveva fatta una raccoltina di ciò che troppo immaturamente mi era caduto dalla penna, oltre ad una Anacreontica stampata sul Munitore di Venezia scritta per Lindoro, che principia:


Ardea nell'aer tranquillo

L'astro di Citerea etc.


e per cui molti cortesi Veneziani ebbero la compiacenza di voler conoscere personalmente la pastorella del Sile.

Con Cesarotti passai vari giorni che mi sembravano ore brevissime. La sua conversazione era lepida, colta e saporita. Con chi gli andava a genio parlava con molto piacere, e questo piacere brillava in tutta la sua fisionomia; ma se al contrario, diveniva malinconico, taciturno ed annoiato perfino di sé stesso. Direi molto più parlando di quest'uomo insigne, che io appellerò mio genio benefico, se non fossi stata prevenuta dall'illustre penna della contessa Isabella Teotochi Albrizzi, che con tanta leggiadria di stile ne descrisse le lodi e le virtù nei suoi Ritratti morali, coi quali si compiacque di onorare i suoi amici, la sua patria e sé stessa. Mi condusse seco a Selvazzano, da lui chiamato Selva di Giano, ove in un picciol tratto di terreno si vedea ciò che avrebbe offerto una vasta campagna, cioè: boschetto sacro agli estinti suoi amici, viale, detto dei pensieri, grotta di Tetide, collina col gabinetto delle Naiadi, sala d'Iside etc.

Tutto ciò era circondato da una limpid'acqua, a lui più gradita di quella d'Ippocrene.

Mi fece conoscere il suo diletto Abate Barbieri, leggiadro cantore delle Quattro stagioni, del Bassano sua patria, dei Colli Euganei etc. Il Barbieri passa per troppo affettuoso verso le donne e troppo sostenuto con gli uomini, quando non è che gentile con le prime e diffidente coi secondi. Ah! se la sua diffidenza fosse stata un po' più ferma, non avrebbe incontrato varie spiacevoli peripezie, cosa che costernò più l'animo dei suoi amici che la virtuosa sua tranquillità. A lui deggio la relazione che incontrai con l'egregio professore Giovanni Zuccala di Bergamo, giovine amabile, erudito, adorno di avvenenza, di bel cuore e buon gusto sì nei versi che nella prosa, e dalla cui penna tutto esce con una felice naturalezza; sembra che l'amicizia sia il suo genio favorito, poiché sa renderle omaggio ovunque la trova, anche ad onta delle burrasche a cui va soggetto «Questo Oceano, che si chiama Vita»: le sue lettere sulla solitudine saranno sempre care agli animi affettuosi, poiché partecipano della soave ingenuità del loro autore.

Cesarotti mi fece altresì conoscere la più cara tra le sue amiche. Questa è Teresa Boldrin Albertini, adorna di spirito e coltura, nipote del celebre Abate Boldrin, grande amico di Gaspare Gozzi. Ella mi accolse gentilmente; pregò il Viviani, ch'era meco, a scriverle un sonetto per uno studente che dovea cingersi di lauro legale; il Viviani si mostrò indeciso, come il solito; io lo pregai a cedermi l'impresa, onde trarlo dall'imbarazzo. Sul momento stesso mi ritirai in una camera della stessa Albertini, e pochi minuti dopo apparvi sorridente dalla gioia di averla compiaciuta in ciò che bramava, presentandole il sonetto che non mi avea costato che il tempo materiale per iscriverlo, ed ottenni gli applausi gentili di tutta la sua conversazione.

Un anno dopo il Viviani mi fece conoscere il conte PaganiCesa, illustre poeta e felice traduttore di varie poesie tedesche e latine. Io lo vidi nella sua deliziosa villa di Nogarè vicina a Belluno sua patria. Questa ridente villetta bagnata dal fiume Piave parea formata dalla natura per essere il soggiorno d'un favorito delle Muse. Immense montagne che sopravanzavano le une alle altre, le più vicine verdeggianti d'erba e cespugli, su cui erravano gli armenti e le pecorelle coi loro pastori; le più lontane, ignude, sterili, deserte, non offrivano che massi logorati dai secoli, precipizii orrendi e rovine imminenti. Tra queste rovine e questi precipizii scorrea con le maestose sue onde il fiume che diede il nome poetico alla celebre Gaspara Stampa. L'elegante casino del conte PaganiCesa biancheggiava in fondo a due spalliere di carpani ridotti ad archi, a guglie, a gabinetti ed a piccioli recinti boscherecci. Tutto spirava vita, freschezza, gioia campestre, sentimento, amicizia e poesia. Il conte PaganiCesa è di fantasia fervida, di carattere sulfureo, di animo ardito, ottimo di cuore, generoso con gli amici, gentile con le donne. Non vuole mai essere contraddetto, poiché dice che il dargli torto è lo stesso che trattarlo da sciocco, e sa di non esserlo.

Fra i nobili ch'io conobbi non è da lasciar nella penna il nome ed il genio filosofico di Bernardo Memmo. Fui presentata a lui dall'Ab. Bernardi, ch'era uno dei tanti suoi commensali qualora si trovava a Treviso. Nel vedermi rimase incantato, perché dicea di travedere nella mia fisionomia un'anima non volgare, anzi degna d'animare il corpo di qualche imperatrice.... – Per l'amor del cielo, signore, (io risposi) non andate avanti di questo passo, poiché non saprò cosa rispondervi. – Volle sentir alcuni dei miei versi, ch'egli chiamò divini, baciandomi la fronte con quella energia che permetteano li suoi settant'anni. Il Memmo era piccolo, magro e riflessivo su tutto. Credo non amasse molto la fatica (picciolo difettuzzo della maggior parte dei nobili), poiché facea leggere dagli altri ciò che di più fantastico offrivano gli autori italiani e francesi. Oltre la poesia amava molto la musica, ma soprattutto voleva essere filosofo di quelli dell'antica Grecia. A quest'oggetto si fé dipingere col dito indice appoggiato al naso, quasi volesse dire: «Tacete ch'io parlo»; al contrario d'altri filosofi che si faceano dipingere col dito alla bocca indicando il loro misterioso silenzio. Mi raccontarono, non so se fosse la verità, che la smania di rendersi singolare l'avea tratto un giorno a sedere sopra un lettamaio della pubblica strada in mezzo a due Ninfe pubbliche mangiando delle rape allesse, frutto suo favorito, ridendo di quelli che passando ridevano di lui. Io lo conobbi per molti anni sempre vestito con lo stesso abito nero, e con lo stesso cappello detto a tre punte. Un giorno venne con alcuni de' suoi più cari a farmi una visita a Breda, e non volle altro trattamento ospitale che un po' di latte ch'io gli presentai in una scodella di abete. Intanto che gustava la bevanda del secol d'oro mi fece recitar una mia canzoncina che comincia:


Due bianche tortorelle,

Mi diede il mio pastore etc.


e ch'egli trovò più saporita del latte.

Nelli dieci anni che mio padre abitò in Breda fui per ben due volte a Venezia ospite della eccellentissima famiglia Albrizzi, che mi amava perché mi avea veduta crescere ora in Santa Bona, ora in Venezia ed ora sul Terraglio, e di cui mio padre era stato per vari anni suo giardiniere. Non voglio far elogio al mio cuore che nutria e nutre per quella eccellentissima famiglia il più vivo sentimento di gratitudine e di rispettosa tenerezza. Dirò solamente che tutti quei rispettabili individui mi ricordano i giorni sereni della mia fanciullezza scorsi sotto i loro tetti e mangiando il loro pane. Cara e soave reminiscenza, tu spargerai le stille del tuo nettare su tutta la mia vita!

In una di queste mie gite il suaccennato Francesco Bragadin mi presentò al N. U. Girolamo Silvio Martinengo, ammirabile traduttore del Paradiso perduto di Milton, che ascoltò propizio i miei versi e mi regalò una bella copia della edizione delle lamentazioni di Geremia tradotte da Evasio Leoni, che mi piacquero, benché distanti dal mio genio inclinato più al ridere che al piangere: solito privilegio della maggior parte dei figli d'Apollo.

Ebbi anche la bella sorte di essere presentata all'egregia e colta Dama Giustina RenierMichiel, che mi accolse con la sua solita benignità, e mi fece conoscere al valoroso ed erudito Generale Miollis, caldo estimatore dei poeti italiani. Egli si compiacque di chiamarmi gentilmente la giardiniera del Parnaso.

Ascoltò li miei poveri versi con una pazienza non troppo adatta all'ardente carattere francese, e mi consigliò di scrivere e di amar sempre. Conobbi anche, non so se prima o dopo, il leggiadrissimo Generale Sebastiani e gli presentai nel giardino di Breda una mia anacreontica, di cui la prima strofa è la presente

O come brillan fulgide

Le dolci tue pupille!

Le aveva forse simili

Il giovinetto Achille? etc.


ed egli da vero militare levò arditamente dalle mani della vezzosa contessa Spineda un ventaglio, e mel regalò sul momento. Le pitture di questo ventaglio rappresentavano Venere, Imeneo, ed Amore che fuggia dall'una e dall'altro. Su questo malizioso tableau io scrissi il più malizioso de' miei epigrammi:


Citerea gridava: aita,

Perché Amor l'avea ferita;

Imeneo che il grido udì

Pronto accorse e Amor fuggì.


Questo epigramma ebbe la fortuna di essere tradotto in tedesco dal conte PaganiCesa, ed in latino dall'abate Dalmistro, e d'essere ristampato in varie raccolte. Mi pensai di scrivere un poemetto in ottava rima intitolato l'Isola di Gnido, in cui fingeva che Venere, mossa dal suono della mia cetra, fosse discesa nella mia capanna, mi avesse levata sul suo carro e mi avesse trasportata in Gnido, ove io avea veduto oltre le delizie dell'isola le più belle Ninfe d'Ausonia, fra le quali io faceva primeggiare le mie concittadine di Treviso. Questo poemetto, di cui non mi sovvengono che varie ottave, andò smarrito non so se per mia colpa oppure per colpa di mia madre, che abbruciava tutto ciò che le veniva alle mani di poetico nella mia camera. Io scriveva continuamente versi, e ne riceveva scritti da altri continuamente, a cui formava risposta sul momento, poco badando alle insolenze fanciullesche di mia sorella ed al continuo brontolar di mia madre.

Il conte Spineda mal fermo di salute e di spirito incominciò a raffreddarsi sul proposito di spese inutili, tra le quali non era la più picciola quella del giardino e degli ananassi. Mio padre previde il suo congedo, e, come il Duca di Sullì, lo prevenne congedandosi da sé stesso; ed invocando per alcuni mesi la provvidenza, che non abbandona mai chi ha la sofferenza di attendere, si traslocò nuovamente in Biadine al servizio del N. U. Tommaso Brescia, che stava inchiodato al letto più della metà dell'anno, tormentato dalla podagra, leggendo pacificamente la voluminosa raccolta del Teatro Comico. Al mio arrivo colà fui incontrata da vari miei cugini e cugine tutti allegri e curiosi di rivedere la loro cugina poetessa, di cui, dicevano, il parroco stesso avea formata un'idea assai vantaggiosa. Corsi subito a salutare la mia nativa casupola, che ritrovai ancor più cadente di prima, prova evidente che gli eredi del signor Bassanini non erano punto più ricchi di lui: alcuni villici che l'abitavano, poiché non era più abitabile che dai villici, mi offrirono alcune frutta raccolte sugli alberi che aveva già piantati mio padre; le presi, e volendo avvicinarle alla mia bocca, non so perché, mi caddero le lagrime con sorpresa di quei villani, ed anche mia, che non ne sapea veder la cagione.

L'abate Dalmistro era allora arciprete di Montebelluna, e con la stessa facilità che saliva il Parnaso, onde attingere i suoi robusti poetici pensieri, saliva anche il sacro pergamo spiegando le verità Evangeliche. La sua prosa è quella di Gasparo Gozzi, la sua poesia quella di Orazio espressa nella bella lingua d'Italia. Mi scrisse vari sonetti, uno dei quali fu stampato nel Munitore all'occasione ch'io era tormentata da un riscaldo di gola, il quale comincia


E languirà d'insidiosa febbre

Costei...?


Alcuni non lodarono molto la cura che si prendeva un pastore spirituale per la salute d'una sua pecorella. Egli rideva sonoramente di queste ciarle dicendo: – I cani abbaiano e la luna seguita a splendere. – La seconda volta ch'io mi portai a Padova egli mi diede una lettera, onde farmi conoscere all'abate Daniele Francesconi, da lui stimato meritamente per l'erudite sue cognizioni. Di fatti fui accolta con somma cortesia da quell'egregio Professore ed anche regalata della ultima edizione delle lettere graziose del Gozzi, già a lui dedicata dall'amico Dalmistro.

A Francesconi io deggio la preziosa conoscenza della bella e colta contessa GrimaldiPrati da me fino allora non conosciuta che per fama. Egli mi presentò a lei ch'era di passaggio in Padova dicendomi: – Siete sua patriota, vi vedrà volentieri. – Ella mi accolse con molta grazia, ed io rimasi incantata tanto della sua bellezza che delle sue maniere. Mi parve di vedere una Eufrosine adorna di tutti i vezzi della sua Diva. La sua fisionomia è dolce, ridente e vezzosa; li suoi begli occhi azzurri brillano sotto due ciglia più nere dell'ebano; le sue brune chiome lucenti ondeggiano sopra il suo collo di neve; la sua figura è alta e maestosa, le mani e la bocca bellissime, e canta sull'arpa con una voce di angelo. Mi regalò alcune bisuterie graziose come lei, e dal suo bel cuore ho avuto mille tratti di gentilezza e bontà. Non potei dimostrarle la mia gratitudine che indirizzandole alcuni versi, solita dovizia di cui la mia fantasia è sempre feconda. Ne scrissi per la sua avvenenza, per una sua breve malattia, per un suo bagno minerale, e perfino pel suo famoso Gatto d'Angola, ch'ella accarezzava come fosse stato un Cupido. Ecco i versi pel gatto:


Nol nego, è amabilissimo

Il gatto che accarezzi,

Bella Grimaldi tenera;

Ma invidia fan que' vezzi,

Ed ogni amante cuore

Già lagnasi d'amore,

Che non può farsi a un tratto

Nel tuo leggiadro gatto.


Non molto dopo che la mia famiglia si era traslocata nuovamente in Biadine, il Cesarotti procurò a Viviani la Cattedra di Belle Lettere nel Liceo di Udine, e questi diede un addio alla sua pastorella ed alle sue native colline, e partì col nuovo titolo di professore. Appena arrivato colà io lo perdetti nel vortice delle nuove sue occupazioni.

Intanto io conobbi un giovine, amico dell'abate Dalmistro, nativo anch'egli e abitatore dei colli, che aveva molto genio per la poesia; era biondo, di bella figura e di soave fisionomia. Mi presentò varie sue poesie dirette alla pastorella del Sile, a cui formai varie risposte, lodandolo col nome d'Elpino. Ed ecco Elpino divenuto il nuovo oggetto delle mie poetiche fantasie. Egli mi fece il dono dell'Aminta del Tasso, che io non aveva mai letto, e che mi piacque oltre ogni credere, non so se perché era dono d'Elpino, oppure pel vero merito di quella favola boscareccia.

In Biadine scrissi alcune sestine (metro degli accidiosi, dicea Zacchiroli), per un lugubre caso nato fra le colline di Montebelluna. Il giovinetto Patrizio Mora, unico figlio di quella cospicua famiglia, morì sul momento cadendo da cavallo con sommo dispiacere di tutti quelli che lo conosceano, poiché era buono, ricco, generoso, amava i poveri e la giustizia. Il giorno prima che gli succedesse la fatal disgrazia, io lo vidi allegro spettatore d'una festa di ballo fatta per nozze rusticali, in cui parea che i ballerini fossero più alunni di Bacco che di Tersicore. In queste sestine io faceva l'elogio della sua bontà, descrivea il fatto tragico della sua mortale caduta, e la religiosa pietà di alcuni contadini memori delle sue beneficenze, che si portarono sul suo tumulo sepolcrale a cantar il triste salmo 129 (De profundis). Le sestine ebbero la stessa sorte dell'isola di Gnido, cioè andarono smarrite.

Nel tempo che la mia famiglia si fermò in Biadine, io mi occupava ora facendo compagnia al N. U. podagroso leggendogli la sua diletta raccolta del Teatro Comico, ora scrivendo, ora facendo scuola di lavori femminili a due fanciullette un po' mie parenti, nelle quali io scopriva una grande smania d'imparare e di sentire a leggere (solita epidemia di famiglia), ora facendo delle gran passeggiate pel bosco con la sola scorta del cane da caccia di mio padre, che ne sapea tutte le strade. Li giorni di festa mi portava a far visite da que' rustici abitatori delle colline, che mi offrivano noci, poma e castagne, unici tesori di quei paesi. Mi pregavano di dirgli alcuni miei versi che applaudivano senza intenderli, cosa che mi facea ridere di cuore.

Mi sovviene che uno di questi villani, giovine di poco più di tre lustri, mi presentò un giorno pochi versi fatti da lui, in cui intendeva di spiegarmi l'effetto che facea nel suo cuore il canto della mia Musa; tutte idee ch'egli aveva acquistate nell'udir i miei versi. Io gli regalai le poesie di Fulvio Testi per cui mostrava un gran trasporto. Egli sapea un poco scrivere, e qualora non era occupato nei lavori campestri non facea che leggere e scrivere copiando ciò che gli era andato più a genio. Un giorno secondò il capriccio suo di far una satira prendendo di mira il Parroco con tutte le sue donne di casa; fu per andar prigione, di cui lo minacciò il Sindaco; egli non si sgomentò, ma il vecchio padre di lui quasi lo accoppò a bastonate ben più dolorose della minacciata prigione, e, quel che fu ancor più fatale per lui, gli abbruciarono tutte le sue scritture, e perfino il suo diletto Testi. Credo che in conseguenza di ciò gli sia passato l'estro poetico, o almeno rientrato nel guscio del suo cervello spaventato dalla prigione e dalle bastonate.

Nella strada del bosco, a cui formava prospettiva la Chiesa di Biadine, v'era una facile salita che nella sommità offriva un recinto di quercie a guisa di anfiteatro. Nel mezzo di questo boschereccio recinto era stata fabbricata una chiesetta fino dal secolo XIV, un tempo frequentata dai divoti, ed ora deserta come il bosco che la circonda. A fianco della suddetta verso il Nord v'è una specie di tugurio formato dalla natura e secondato dall'arte che vi avea adattata una cattiva porta più logorata di quella dell'eternità. Il suo pavimento era il terreno, e le sue petrose ed umide pareti erano coperte di musco ed ellera. Mio padre, che mi condusse ad ammirar questo tugurio, mi disse che nel tempo ch'egli era fanciullo abitava in quell'eremitaggio un certo frate Adamo, che aveva militato sotto le insegne gloriose del principe Eugenio di Savoia, e che stanco delle stragi marziali si era ridotto a far l'eremita per dodici anni in quella topinaia, con la sola compagnia degli uccelletti, che famigliarizzati dalla fame invernale gli saltellavano intorno come ad un novello Orfeo. Li contadini ed i pastori, che lo consultavano come l'oracolo di Delfo, gli recavano in tributo buona parte dei loro scarsi prodotti consistenti in frutta, erbaggi e formaggio di pecora. Egli conosceva un poco la medicina, ed oltre le sue benedizioni come anacoreta suggeriva loro i rimedi come Esculapio. Questo frate Adamo, che mio padre appellava fra Ferraù, era grande amico di mio nonno, e morendo gli raccomandò li suoi favoriti augelletti acciò gli portasse grano nel tempo invernale. Questo era veramente un far le parti di militare, di penitente e di filosofo. Fu sepolto nella chiesetta, ed alcuni vecchi villici sel ricordavano ancora con una tenera rimembranza. Raccontava mio nonno che una notte, in cui il cielo minacciava una orribile burrasca, frate Adamo si trovava in orazione fra lo strepitoso rumore dei tuoni ed il funesto fulgor dei lampi, come un altro

Mosè sul Sinai, e sentendo battere furiosamente alla porta della chiesetta prese un lumicino e per un buco della sua tana, che corrispondeva in quella, volò ad aprire credendo che fosse un povero viandante smarrito nell'orror della notte e del bosco. Appena ebbe schiusa la porta gli si presentò un feroce Minotauro (almeno gli parve tale), che lo fece balzare sei passi indietro, indi cadere sbalordito di paura, chiamando in suo soccorso tutte le Gerarchie celesti. Da lì a non molto rientrò in sé stesso, si ricordò di essere stato soldato, si fece coraggio, si alzò, accese di nuovo il lume, e si avvicinò al Minotauro, che non era se non se una povera vacca smarrita e più spaventata di lui, che nel furore della tempesta aveva cercato asilo fra i sacri altari. Egli raccontava questo giurando di aver avuto più paura in quell'occasione che in tutti i fatti d'arme del principe di Savoia.

Il N. U. Brescia, tormentato continuamente dalla podagra e dalle prediali, diminuì le spese del giardino a grado che mio padre, non potendo più sussistere, si congedò dal suo servizio e passò giardiniere del principe Erizzo a Pontelongo, luogo già di delizia del Doge Foscarini. Non so trovar termini bastanti, onde esprimere il dolore che mi passò all'anima nel momento della partenza ch'io feci per la seconda volta da Biadine. Dover lasciare quel bosco così poetico, quelle colline così ridenti, quelle passeggiate così deliziose, quelle vedute così pittoresche, quei cugini così cari al mio cuore, quei contadini così cortesi, alcune famiglie di onesti artigiani che mi amavano, alcune altre di poveri ch'io beneficava, alcuni fanciulli a cui insegnava la dottrina dei cristiani, alcuni vecchi a cui leggeva la storia sacra.... tutto, tutto mi si presentò all'agitata fantasia, e mi fece piangere amaramente con lagrime le più calde e le più sincere che io avessi versato giammai. Mio padre durò fatica a trascinarmi seco, commosso dal mio dolore e da quello ch'io lasciava impresso sul volto e sulle ciglia di quelli che si erano levati prima dell'alba onde augurarmi il felice viaggio. Così lasciai quell'amena villetta, in cui la permanenza di un lustro mi era sembrata il breve giro di un giorno.

L'Abate Dalmistro nel dì precedente alla mia partenza erasi portato a darmi un addio dicendomi, con quel candore che è l'ornamento della sua leale amicizia: – Aglaia, vi auguro felicità; ma vi assicuro che mi portate via il cuore. – Mi consegnò una lettera pel suo amico professore Francesconi ed un'altra pel prefetto Zecchini, scritta per mio conto dal Zacchiroli, che poeticamente mi raccomandava a quell'egregio capo delle Autorità civili della vasta e dotta città di Antenore.

Il paese di Pontelongo non è che una bella riviera alquanto popolata, ed irrigata da un canale prodotto da due braccia dei fiumi Brenta e Bacchiglione, che unendosi a Bovolenta passa ondeggiando placidamente e mette foce dalla parte di Chioggia nell'Adriatico. Il bel palazzo Erizzo, architettura del famoso Palladio, grandeggia nel mezzo come una reggia, avendo lateralmente una lunga fila di casupole, che con la loro picciolezza fanno ancor più risaltare il maestoso edifizio. Era sul principio dell'anno 1810, nella stagione in cui


Zefiro torna, e il bel tempo rimena.


Il giardino di Pontelongo era vastissimo, circondato da un canaletto d'acqua dormigliosa, che nel paludoso suo seno offria pascolo gradito ad una numerosa quantità di rane e ranocchi, che mi ricordavano il gastigo dell'ostinato Faraone. Tutto consisteva in un picciolissimo parterre, che mio padre adornò di fiori e disegni erbosi con due cedraie nel fondo. Il resto era un famoso boschetto di tigli, in cui cantava armoniosamente un qualche usignuolo a dispetto delle rane e ranocchi che gli facevano un villano contrapposto. Alcuni viali lunghissimi ombreggiati da triplice fila di castagni selvatici, alcune spalliere di carpani, i quali formavano ornamento ad un grande stradone che conduceva ad un boschetto ch'era nel fondo con una collinetta cospersa di vigneti, sulla cima della quale era stato edificato un tempietto sacro a Bacco, la di cui cupola di forma antica stava mal appoggiata sopra alcune colonne di ordine toscano. Il patrizio Erizzo, ricchissimo per scrigni colmi d'oro, e per possessioni fertili e numerose, cercava di fuggir la noia, figlia dell'opulenza e dell'ozio, passando la maggior parte dell'anno nel nuovo delizioso acquisto di Pontelongo, ove si divertiva con le sue piantagioni, con le sue fabbriche e coi suoi cavalli, gusto favorito di quel Signore.

Non erano ancor trascorsi due mesi, dacché io mi trovava nel nuovo soggiorno, che mi portai a Padova all'occasione della fiera detta del Santo, ove sperava di vedere alcune persone per le quali professava stima ed amicizia. Non esistendo più il Cesarotti che nel cuore de' suoi amici, io fui ospitalmente trattata da una sua estimatrice, Clementina Caldarini nata Weissembourg, che mi amava, e che mostrava una specie di religioso rispetto per la poesia. Portandomi a far visita alla bella contessa Grimaldi ch'era alloggiata alla Stella d'oro, la trovai che dormiva il sonno del dopo pranzo, e sognava forse le delizie di Parigi, che aveva veduto l'anno avanti in tutto il suo splendore. Intanto l'ottimo professore Francesconi, che attendeva passeggiando allo stesso oggetto, mi domandò se io volea conoscere il celebre cavalier Lamberti alloggiato nella stessa locanda. Accettai con piacere l'occasione, e fui presentata a quell'illustre personaggio, che scorgendo la mia giusta timidezza mi rassicurò con quel gentile sorriso che annunzia la benignità degli uomini grandi e mi fece la più cortese accoglienza. Nella camera di questo colto ed egregio cavaliere si trovavano varie persone, tra le quali, non so se attratto dal fulgore delle decorazioni, oppure dal sommo merito del Lamberti, il professore F.... C..., a cui il Francesconi mi consigliò di consegnare la lettera diretta al Prefetto Zecchini, che tuttora io conservava presso di me. Gliela presentai con una rispettosa timidezza; ed egli, non so perché, non volle accettarla. Povera lettera, se non avesse avuto altro appoggio che quello del professore C...! Due giorni dopo, per mano più gentile, la feci presentare al Prefetto, il quale come aveva accolta la lettera accolse la raccomandata con tratti di generosa urbanità.

Passai tutta quella stagione ospite della Clementina Caldarini sui colli Euganei nella villa di Torreggia, vicina al monte Rua, ove vivevano ancora alcuni Camaldolesi obbliati non so se dai viventi o dalla morte. Nei tempi andati la loro clausura sull'articolo Donne era rigorosissima; ma allora che io mi portai a vedere quella sacra solitudine era permesso di andarvi ad ogni persona. Mi feci portare fino alla metà della strada da una vecchia somarella, che mi fece ricordare quella dell'antico Balaam, tanto era restia, poltrona e loquace nel suo linguaggio, che io non avea la fortuna d'intendere come il profeta. Giunsi stanca in cima al benedetto Rua, e fui tosto graziata da quei poveri anacoreti di alcune frutta secche avanzate ai tarli ed ai topi, e di una torta di erbe così amare che mi avvelenarono la bocca. Fui a vedere il convento e la chiesa che non mi dispiacque, benché privo l'uno d'abitatori e l'altra di adoratori. Quello che mi andò estremamente al cuore fu il sempreverde bosco d'abeti che coronava la cima del monte e racchiudeva nel suo ombroso recinto il solitario convento. Mi ricordai il caro bosco del Montello, e discesi dalla Certosa di mal umore, come l'asinella che mi riportò sulla logora sua groppa al piano di Torreggia.

Nel ritorno che feci dai colli Euganei a Pontelongo mi fermai ad ammirare le famose Terme Aponensi. È stato tanto detto in prosa ed in verso, in verso ed in prosa sulla singolarità di queste acque, che diviene inutile ogni mia relazione. Dirò solamente che mi parve di vedere i bollenti stagni di Acheronte, parlando poeticamente; e, parlando fuori di poesia, mi parve di essere in un paese abbandonato dalla misericordia divina, come una seconda Sodoma. Il calore, l'odor sulfureo e la sterilità della nuova Dite mi fecero partire senza far ulteriori osservazioni su quell'infernale paese.

Passai a Pontelongo il primo inverno spaventata dalle continue innondazioni, che mi fecero sovvenire del secolo di Deucalione e desiderare il ridente ed asciutto terreno di Biadine.

Pochi mesi dopo il mio nuovo stabilimento, il Prefetto Zecchini fu traslocato altrove, e subentrò nel suo posto il cavaliere Ferdinando Porro, personaggio ottimo, giusto, splendido, popolare, cittadino colto, erudito, energico, pieno di fuoco, di spirito, di cognizioni. La gentile contessa Grimaldi mi aveva a lui raccomandata dicendogli: – Ella mi è cara, ve la raccomando. – Questo bastò perché egli mi scrivesse una graziosissima lettera facendomela pervenire col mezzo del Sindaco (che me la presentò tremando), in cui mi esprimeva il sentimento di ammirazione che gli avevano inspirata i miei versi a lui fatti noti dalla Grimaldi, e la viva brama che nutria di conoscere personalmente la pastorella del Sile. Nella Quadragesima dello stesso anno mi presentai a quel degno cavaliere, che mi accolse con tratto di gentile cordialità, come io fossi stata una Dama; m'invitò varie volte a pranzo, mandandomi sempre a levare ove era alloggiata con la sua carrozza; cosa che mi avrebbe forse insuperbita se non mi sovveniva dei rari pregi di chi mi aveva a lui raccomandata. Egli mi presentò a vari suoi amici con tutto l'entusiasmo; e mi procurò il piacere di conoscere la gentilissima Clarina Mosconi di Verona, a cui tributai una mia anacreontica intitolata Le Grazie, ch'ella gradì con la stessa amabilità di quelle vezzose seguaci di Venere. Oltre a questa, il cavalier Porro mi fece fare la poetica conoscenza della famosa Amarilli Etrusca, a cui indirizzai una mia canzoncina, che incomincia:


Tu avvezza al dolce suono,

e quella valorosa improvvisatrice mi rispose con la solita sua ammirabile spontaneità

Aglaia, qual tu sei, etc.

Farò vedere in seguito che questi non furono i soli beni procuratimi da quel generoso Prefetto.

Tornando a Pontelongo, ove si trovava assai bene la mia famiglia, conobbi volontieri un vecchio poeta, fu grande amico di Cesarotti, cioè il signor Carrari, sordo come una statua, ma che facea versi sciolti e rimati con molta energia, benché fosse vicino agli ottant'anni. In Bovolenta, ov'egli era domiciliato, eravi allora un picciolo collegio, che al chiudersi delle scuole dava una picciola accademia ove alcuni figli di Apollo, parte legittimi, parte bastardi, esponeano i loro parti poetici che terminavano tutti, applauditi o non applauditi, in lode del Rettore. Fui dal Carrari scelta anche io, onde recitar alcuni versi allusivi alla circostanza; accettai il diploma contro il parere del Podestà di Bovolenta, che non volea persuadersi che le donne potessero aver sede in un'accademia.

Nella state susseguente a quell'anno fui spaventata da vari turbini tempestosi, che minacciavano giorno e notte quelle ubertose campagne; ed il peggio si era che cadevano di quando in quando saette le quali ardevano gli abituri di que' villaggi, che sono quasi tutti coperti di strame e paglia, e portavano la desolazione in quelle povere famiglie, che appena salvate dallo sdegno di Netunno nel verno soggiacevano allo sdegno di Giove nella state. Mi ricorderò con un vivo dolore la trista sorte di due poveri amanti contadinelli di quattro lustri non ancor compiti, che trovandosi nei campi a raccogliere legumi si ricovrarono sotto un grand'albero per salvarsi al furore della tempesta.... Infelici! s'illudeano forse nella loro futura felicità, allorché scoppiò un fulmine che gli incenerì sull'istante, e li rese oggetto di pietà, di terrore e di lagrime a chi ebbe cuore di portarsi a vedere il commovente spettacolo.

Il N. U. Erizzo faceva brillare il suo favorito Pontelongo con isplendide accademie musicali, abbellite (nel tempo ch'io mi trovava colà) da molte graziose Dame Vicentine, alle quali tributai varie poesie, e ne fui gentilmente ricompensata.

Intanto la principessa Augusta Amalia di Baviera, allora ViceRegina d'Italia, si portò ai bagni d'Abano ad oggetto di salute. Mi venne pensiero di scriverle un'anacreontica allusiva al bagno, e la scrissi: mi mancava però il mezzo onde fargliela pervenire. La feci nota al signor Letter capitano degl'ingegneri che veniva di quando in quando a Pontelongo, onde far le sue idrauliche osservazioni. Egli ne parlò al cavalier Porro suo amico, che spedì tosto persona a richiedermela, onde presentarla egli stesso alla principessa. Gliela spedii tosto scritta di mio pugno; ma siccome era adornata di varie cognizioni mitologiche non troppo adattate alla semplicità d'un'autrice pastorella, l'avveduto cavaliere me la rimandò a vista per un messo apposito, scrivendomi che io ascendessi il Parnaso nuovamente, onde cogliere fiori un po' più semplici. La curiosa cosa si è che l'uomo portatore della lettera prefettizia entrando in mia casa vide mia sorella, ch'era una bella biondetta, e credendola la mia cameriera la pregò di avvertire la sua padrona ch'egli aveva una lettera di somma premura da presentarle, chiedendole il titolo con cui dovea parlarmi. Mia sorella si strinse nelle spalle, e sorridendo rispose: – Quando la vedrete, saprete fare il vostro dovere senza ch'io vi dia l'elenco de' suoi titoli. – Io scrissi una nuova anacreontica che cominciava


Su l'acidalio margine,


ed il giorno dietro per tempo la spedii al suo destino. La benigna principessa l'aggradì con quella bontà gentile che formava uno dei tanti suoi pregi, ed appena arrivata a Milano mi spedì in generoso regalo 200 franchi, accompagnati da una sua graziosa lettera per me ancor più onorifica che il regalo di cui si compiacque beneficarmi. Ecco una nuova conseguenza del cuore bellissimo del cavalier Porro.

Alcuni mesi prima di questa felice combinazione arrivarono vari cavalieri e dame ad ammirare il bel giardino di Pontelongo. Erano patrizi, parte di Venezia e parte di Udine; facevano i bagni della Battaglia per lusso, ed erano venuti per divertirsi a vedere quel locale fiorito. I miei versi erano ad essi noti, e appena arrivati richiesero mio padre di potermi vedere. Non feci punto la preziosa, e mi presentai umilmente a quella nobile comitiva, che gentile coi miei versi lo fu egualmente con l'autrice dimandando a mio padre, come in dono, la poetica prole, onde condurla per un giorno ad un pranzo di compagnia che era già allestito alla Battaglia. Mio padre fu compiacente contro il parer della madre, che non voleva accordarmi il permesso, a cui il genitore soggiunse – Se è vero che mia figlia abbia tanto talento, saprà portarsi bene –, e rivolto a me: – Va, e fatti onore coi versi e con l'umiltà, che nella tua situazione diventa una virtù necessaria. – Montai in carrozza con quelle Dame, ed arrivata alla Battaglia, ove si pranzò magnificamente, feci una infinità di brindisi lodando uno per uno tutti quei generosi commensali, che mi applaudivano con gentilezza di parole e di beneficenze; cosa che mi fece ricordare il bel secolo di Augusto e di Mecenate.

È inutile il dire che non vi furono sacri Oratori nel tempo quaresimale in Pontelongo, dei quali io non facessi, pregata dai Fabbricieri, l'elogio unitamente a quello dei loro sermoni che io non aveva intesi quasi mai.... O immaginazione poetica, sei pur feconda!

Erano scorsi quattro anni, dacché io mi ritrovava a Pontelongo, allorquando ebbi a conoscere un giovine mantovano di bella figura, di aggradevole fisionomia, di animo sincero, di cuore affettuoso. Il rispetto ch'egli professava alla poesia, anche senza conoscerla, mel resero caro. La poesia, posta in aspetto ridicolo da chi non ha avuto principi di educazione, in lui invece destava una spezie di stima divota qual si deve alle cose divine, dolendosi, diceva egli, di non intenderla onde poterla applaudire. Mio padre, che amava molto la gioventù vivace, sentendolo parlare di Roma, di Napoli, Vienna (città che aveva vedute seguendo in qualità di corriere un ricchissimo viaggiatore), mio padre, dico, lo ascoltava con molto piacere, e spesse volte mi chiamava ad ascoltare le sue curiose relazioni. Osservai che alla mia presenza s'imbrogliava, cosa che secondo il mio solito mi facea ridere di cuore, il che lo imbrogliava ancor più. Un giorno il mio genitore mel propose per marito dicendomi: – Lo credo degno di te, perché sembra buono come un angelo; diventando sua moglie tu potrai leggere e scrivere a tuo piacere. Ti bramo felice. Già il matrimonio non è che un lotto; chi vince e chi perde; il tutto sta in mano della fortuna. – Feci qualche riflesso sulle sue parole; pensai che il padre non vive sempre, e che la poesia in questi secoli non è premiata che di allori, di applausi e di ringraziamenti ; tutte cose che riducono, senza un qualche appoggio, a finire sulla paglia, come il povero Anguillara, oppure all'ospitale come il celebre Camoens. Mi risolsi e sposai il giovine mantovano, che se non avesse avuti altri pregi agli occhi miei avea quello di aver avuta la patria comune con Virgilio. Diedi un addio alla mia famiglia, un altro a Pontelongo, e passai nelle braccia dello sposo, che mi condusse ad abitare la dotta città di Antenore. Incominciai a far la parte di moglie senza scordarmi quella di figlia di Apollo. Io lavorava, scriveva, mi annoiava, tornava a scrivere, tornava ad annoiarmi. Intanto fu di passaggio a Padova il cavalier Porro, che onorò di una sua visita la mia povera maritale abitazione, e trovandomi allora occupata a mettere in netto le tante mie composizioni poetiche mi consigliò di farne una nuova edizione. Il consiglio era sincero, ma ci mancava il modo e la forza onde metterlo in esecuzione, a somiglianza del sorce di Esopo ch'era stato consigliato di attaccare il campanino al collo del gatto. Io seguitai a trascrivere con la speranza che la sorte volesse una volta o l'altra sorridere alle mie fatiche.

Venne frattanto ad accrescere il numero della colta gioventù studiosa in Padova il conte Antonio di Brazzà udinese, ad oggetto di apprendere le lingue di Omero e di Virgilio. Udine non è nel Giappone, ed egli aveva sentito varie volte parlar di me e dei miei versi, che a suo dire gli toccavano il cuore. Sen venne direttamente alla mia casa, si presentò con molta semplicità, dicendomi: – Ella è l'Aglaia, ed io sono il conte di Brazzà che vuol conoscerla. – Osservai la sua figura ch'era grande, ben proporzionata, tendente al curvo, come è il solito degli studiosi. Nella sua fisionomia vi erano dei tratti di stupidezza e di vivacità nello stesso tempo, alternandosi questi due opposti dal fare un complimento di soggezione al parlar familiarmente. La poesia lo rendea di buon umore. Il fondo del suo cuore era affettuoso, la sua memoria felice, ed era pieno di cognizioni. Il suo carattere tendente alla mestizia gli creava nella feconda sua fantasia mille fantasmi. Egli volea che tutti gli uomini fossero giusti e sinceri, e dicea che i cattivi non erano che un numero di soprappiù, ma necessario onde far risaltare i buoni. La difficoltà che avea nella pronunzia, per essere alquanto balbuziente, lo rendeva taciturno, mesto ed imbrogliato quando era in società; ma però diventava loquace, lieto e sciolto qualora si trovava con persone amiche. Era buono per natura, ma ostinato oltre ogni credere, adornando questo suo difetto col bel titolo di costanza. La sua amicizia era candida come il suo cuore, incapace d'ingannare, ma capacissimo di lasciarsi ingannare per essere troppo di buona fede. Ascoltava i miei versi con una compiacenza leale, e mi pregava che gli permettessi di venire di quando in quando a leggermi i suoi, che erano scritti con affetto castissimo, come la Musa che glieli aveva inspirati, essendo tutti allusivi alla morte di una sua sorella che egli amava quanto sé stesso, anzi come il suo angelo tutelare. Mi portai seco lui a far una visita di dovere all'egregio signor Girolamo Venanzio, da me conosciuto fino dal tempo in cui il cavalier Porro era Prefetto, essendo egli in allora uno dei suoi segretari; gli parlai del mio manoscritto, e del piacere ch'io avrei avuto nel poterlo un giorno pubblicare coi tipi Bettoniani. Il signor Venanzio, a cui nulla costava l'esser gentile, mi disse in aria sorridente: – Portate a me il vostro manoscritto, e non pensate ad altro. – Mi ricordo che il conte di Brazzà volle esser meco al momento che io glielo presentai, e che rimase incantato scorgendo così all'improvviso un Mecenate propizio alla mia Musa. Da lì a non molto uscì la nuova edizione, ch'ebbe un incontro fortunato, e di cui il generoso editore mi regalò quattrocento esemplari, il che mi confermò maggiormente che le qualità del suo cuore non la cedevano agli altri rari suoi pregi. Amabile di figura e vivace di fisionomia, pare che la sua voce sia stata formata dalla natura per esprimere la dolcezza delle Grazie. A chi ben non lo conosce apparisce in sulle prime alquanto riservato nel conversare, ma chi ha conversato seco lui più di una volta non può a meno di essersi accorto della molta soavità de' suoi modi. La qualità principale del suo ingegno parmi la penetrazione, accresciuta col molto studio e colle molte cognizioni da esso acquistate. Egli scrive con molta eleganza in verso ed in prosa, benché mostri di coltivare con maggior cura quest'ultima. Del che ne sia prova una Dissertazione da esso recentemente pubblicata risguardante l'opera da darsi dagli Italiani sullo scrivere in prosa. Mi piacque assai un semplice paragone che fece di lui mia sorella, che venne una volta meco a fargli visita; ed è: – Quel signor Venanzio è così soave che mi sembra una rama di millionette. – A tutti è nota questa cara pianticella per la sua forma gentile e per la sua dolce fragranza.

Due anni dopo questa edizione, mi si richiese da un raccoglitore d'anacreontiche alcune delle mie figlie poetiche, che non erano state inserite nell'ultima raccolta. Fui compiacente con chi era gentile; ed ecco il Parnaso anacreontico, ricco di vari illustri poeti, serbar un picciol recesso anche per Aglaia Anassillide.

La fortuna intanto, che di quando in quando solea sorridere alle mie intenzioni, mi fu propizia di una nuova combinazione. Tre anni dopo d'esser divenuta moglie, ebbi a conoscere Arminio Luigi Carrer, giovinetto che allora si avvicinava al quarto lustro della sua età. Nella sua bella fisionomia brillava il fuoco poetico, di cui tutta avvampa la di lui anima. Osservai in seguito che la base del suo carattere è la tristezza, la quale talvolta degenera in una eccedente allegria. Non lo ho mai veduto che eccessivamente malinconico, od eccessivamente giocondo; e ciò che potrebbe sembrar forse strano, s'egli stesso nol confessasse più volte nei suoi versi, è l'osservare che io feci, esser egli di mal umore in mezzo alle feste ed ai bagordi (a cui però interviene di rado), ed allegro qualor trovasi in ristrettissimo cerchio di amici, una delle poche consolazioni della sua vita. Dotato dalla natura d'una fantasia ardentissima, è quasi sempre immerso in profonde meditazioni. Apparisce talvolta distratto ed inquieto, simile ad un Genio che voglia innalzarsi ad una sfera migliore. Egli è alquanto bizzarro nelle sue opinioni, tra le quali è strana la sua ripugnanza al titolo di filosofo, benché pochi al pari di lui sappiano disprezzare le avversità e sopportar le ingiustizie. Nessuno può negargli una lealtà senza pari, che forma forse una delle migliori sue doti. Non so se questa gli abbia sempre giovato, ma credo che nessuno abbia udita dalla sua bocca una bugia, talché vi fu chi disse, per modo d'esempio: – Non crederei questo neppure se lo dicesse Carrer. – Gl'impeti di bile, a cui lo volle soggetto la sua stella, lo avrebbero forse ridotto a qualche estrema risoluzione, se la Religione, ch'ebbe mai sempre la sede nel suo bellissimo cuore, non gli avesse fatto sentire la consolante sua voce. Tutte osservazioni ch'io trassi, parte da' suoi scritti, e parte dalla sua ingenua conversazione. Ecco una strofa, a modo d'esempio, tratta dall'appassionatissima Ode intitolata La meditazione:


Adducemi ineffabile

Di pianto voluttà,

Che tra le mense e il giubilo

Dei clamorosi balli,

Qual nebbia, che in sul vespero

Dalle acquidose valli

Lenta s'innalza, o l'animo

Preoccupando va.


Mi ricordo che in quell'occasione feci un'anacreontica per le nozze CorrerZeno di Venezia, e che io indirizzai ad Arminio, poiché da lui stesso stimolata a scriverla, ed è appunto quella che comincia:


Chi richiede i carmi miei?

Ah sei tu gentil garzon,

Cui non v'è sui gioghi ascrei

Chi ti vinca al paragon?


La mia nuova edizione mi procurò nuove conoscenze, tra le quali mi sarà sempre gradevole quella del conte PerolariMalmignati fatta in casa dell'amabilissima e coltissima signora Contessa Chiara Rosini nata Petrobelli. Questo signor Conte Perolari è adorno di talenti, cognizioni e buon gusto nella poesia, fervido di spirito e di cuore, benché all'apparenza dimostri freddezza e titubanza; prudente e sincero nello stesso tempo; degnissimo di aver degli amici, e degnissimo di possedere un sì bel titolo.

Era già scorso un lustro e mezzo che io portava il rispettoso titolo di moglie, quando uscì alla luce del mondo letterario Nella, poemetto romantico prodotto dalla vezzosa penna di Vittor Benzon, giovine amabilissimo e adorno delle più belle prerogative di spirito e di cuore. La sua conversazione era colta, ingenua e deliziosissima. La sua poesia parea inspirata dalle Muse e scritta dalle Grazie, poiché aveva il fuoco delle prime e la leggiadria delle seconde. Il suo umore vivace, bizzarro, nobile, serio e nello stesso tempo gentile formava il piacere di tutti quelli che trattavano seco con una dolce famigliarità. Pareva che la natura ed il cielo lo avessero formato per l'amicizia e per l'amore. Ah! se egli avesse riserbato in vantaggio di sé stesso una parte di questi due soavi sentimenti, di cui era così generoso verso degli altri, non lo avremmo veduto mancare al numero dei viventi sul più bel fiore degli anni suoi, compianto dai suoi amici pel suo bel cuore, dai letterati pei suoi talenti, e dalle donne per la sua bellezza, poiché

Biondo era, e bello e di gentile aspetto.

Ebbi in dono da lui il suo poemetto, che lessi e rilessi con una dolce emozione, e per cui scrissi la canzoncina che incomincia

Quando formar le Grazie

Il viso tuo gentil

Involaro ad April

Le rose e i gigli.

Nella placidissima calma del mio Imeneo io cerco di passar i giorni senza annoiarmi approfittando del favore di Apollo nell'ore che avanzano alle mie domestiche faccende, e scrivendo versi ora a capriccio della fervida mia fantasia, ed ora per oggetti reali, i quali mi vengono offerti continuamente dalle combinazioni e dalle vicende umane, come sarebbe a dire, nascendo, morendo, sposandosi o laureandosi qualche rispettabile e cara persona. Tutto mi fa salire il Parnaso, temprare la cetra e cantare

Tra le Camene e i sacri cigni ascrei

Teneri Amori e placidi Imenei.

È inutile il ripetere che io vivo bastantemente felice, avvezzandomi sempre più alla instabilità della sorte, che non lascia di avvolgermi alternativamente in un vortice di noie, di speranze, di disastri e di consolazioni, non cangiando però mai il mio umore ridente, che mi fa ricordare spesso uno dei miei pochi sonetti ch'io scrissi sul mio ritratto, in cui dico

Che per i Vati il dì sempre è sereno.


Non è molto, le mie anacreontiche uscirono alla luce vestite delle grazie soavissime del valoroso filarmonico Giovanni Battista Perruchini, cosa che mi farebbe andar superba, se non sapessi che questa è una colpa la quale esclude la tanto necessaria ai seguaci di Febo, umiltà.

Non mi restano ulteriori notizie presentemente da offrire al pubblico coi miei poetici e viridici colori. Solo mi resta la soddisfazione di averle terminate felicemente con la dolce lusinga che non abbiano a riuscire discare a chi avrà avuto la compiacenza di leggerle almeno una volta.

Se vi fosse poi qualche spirito gentile che si dasse il pensiero di volerle proseguire, allora che deposta per sempre la cetra sarò volata al trono dell'Eterno, lo prego sul mio esempio di essere possibilmente veritiero. O verità, tu dovresti essere l'animatrice d'ogni scrittore apparendo adorna della tua candida luce tra gli uomini, come risiedi tra i Numi, e ricevendo gli omaggi da tutti gli abitatori della terra, come ricevi le corone da tutti i Geni celesti. Io appesi bene spesso le più fresche ghirlande al tuo altare, e ti sacrificai il mio stesso amor proprio; ascoltai la tua voce senza arrossire; intesi la tua forza senza fremere, ti ammirai in altrui e ti difesi in me stessa; t'invocherò fra gli uomini, e ti adorerò sempre tra gli Dei. O verità, amata dai giusti, odiata dai colpevoli, profanata dagli adulatori, offesa dagli scrittori, temuta dalle donne, encomiata dagli uomini e punita dai tiranni: apri il candidissimo Tuo velo, ed offri un sicuro asilo alle notizie sulla vita di Aglaia Anassillide.

# RIME SCELTE

I

O dolce amor di Zefiro,

Rosa, che il vergin seno

Apri lucente e pieno

Di rugiadoso umor,

Dimmi, vedesti ancora

Passar per questa via

L'Idol dell'alma mia,

L'amato mio Pastor?

Se tu lo vedi, o rosa,

Deh! digli le mie pene,

Digli ch'egli è il mio bene,

L'unico mio tesor.

Ma se di qualche ninfa

Tu lo vedessi accanto,

Versa per me quel pianto,

C'hai sulle foglie ancor.

II


Scostati da quell'urna,

Incauta Pastorella,

Non guidar capro, o agnella

A pascolar colà;

Dove non spunta un fiore

Che velenoso e rio....

Ah! da quell'urna oh Dio!

Scostati per pietà.

Ivi sepolto giace

Un perfido Pastore,

Che mai conobbe Amore,

Che mai serbò la fé.

Se vuoi saperne il nome

Chiedilo a cento belle

Tradite Pastorelle,

Che lo diran per me.

III

Quel mazzolin di fiori,

Che un dì ti posi in petto

Pegno di casto affetto,

O Dafni mio gentil,

Dunque appassito e smorto

Quel mazzolin mirasti?

E al suol tu lo gittasti

Quasi insultando April?...

Poveri fior! la colpa

È delle tue pupille,

Ivi con sue faville

Sempre s'aggira Amor.

Ma tu sorridi? Ah! Dafni,

Se non lo credi ai fiori,

Credilo alla tua Dori

Che per te il sente al cor.

IV


Praticel di fiori adorno,

Sai perché ritorno a te?

Qui il mio ben giurommi un giorno

Puro amore, eterna fé.

Gli occhi azzurri in me fissando

Dolcemente sospirò,

E poi disse: – Il Ciel sa quando,

Dori mia, ti rivedrò.

Quest'erbette e questi fiori

Riveder ti piaccia ognor,

Rammentando, o cara Dori,

Che qui nacque il nostro amor. –

Cari detti, ad ogni istante

Di ripetervi godrò;

Ah! ma senza il caro amante

Infelice ognor sarò.

V


Amabil Filomena,

Che da quell'orno antico

Chiami il lontano amico,

Quanto mi fai pietà!

Anch'io lontana vivo

Dal caro mio tesoro,

Anch'io dolente imploro

Il dì che tornerà.

Ma che? sul faggio io scorgo

L'usignuolin gentile,

E nel più dolce stile

L'ascolto gorgheggiar.

Ecco che a lui ten voli

Mossa da egual desio....

Potessi a Dafni anch'io

Pronta così volar!

VI


O Dafni, o di quest'anima

Amabile diletto,

Con quelle luci languide

Non mi guardar così:

Tu mi raddoppi in petto

Lo stral che mi ferì.

Del più veloce palpito

Mi balza il core oh Dio!

Accesa ho tutta l'anima

D'un foco agitator;

Non mi guardar, ben mio,

O morirò d'amor.

Quanto quel guardo tenero

Senza parlar mi dice,

Quante diverse immagini

Destando in sen mi va!

Or lieta, or infelice

Quel guardo sol mi fa.

Nel primo istante, o Dafnide,

Che ti conobbi, oh Dio!

Fu sol quel guardo languido

Che il core mi ferì;

Ah! per pietà, ben mio,

Non mi guardar così.

VII

Vieni a Dori che t'attende,

O del colle abitator,

Già la luna in Cielo ascende,

Face amica al nostro amor.

D'un boschetto infra l'orrore

Noi staremo a riposar:

Notte regni, e intanto Amore

Voli l'Alba ad arrestar.

Tutto dorme, né si sente

Che il susurro del ruscel,

Romoreggia lentamente

Il romito venticel.

Vieni, Dafni; ah! vien, t'affretta,

Io t'attendo, e tardi ancor?

Non lasciarmi qui soletta,

O del colle abitator.

Ma non lunge io lo ravviso,

Dafni è quegli.... Dafni.... ah! no;

Un'auretta d'improvviso

Scosse i rami e m'ingannò.

Ma sì, è desso, il veggio, oh Dio!

Come il cor mi balza in sen!

Parla, dimmi, Idolo mio....

Ah! di gioia io vengo men.

VIII

Se il bacio della mano

Ritrosa a te negai,

Di simil bacio il sai

Uso fra noi non è.

Quel bacio è destinato

A ninfe peregrine

Di gemme adorne il crine,

Cinte di nastri il piè.

A rozze villanelle

Omaggi non si denno;

Basta un saluto, un cenno

Di semplice pastor.

Non adirarti, e sappi

Che un sol tuo bacio, o Elpino,

Decide del destino

Del povero mio cor.

IX


O tu che in ciel ascendi

Con purissimo raggio,

E nel cupo silenzio

Bello l'orror ci rendi

Del povero villaggio;

Nuda così scendevi

Dal soggiorno del cielo

Al pastorel di Caria,

E arrossendo dicevi

– Eccomi senza velo. –

Tu della notte amica

Brilli fra i muti orrori,

E Diva ognor propizia

Giovi, benché pudica,

Ai contrastati amori.

Se dal carro tacente

Volgi lo sguardo al rio,

Sul cui muscoso margine

Dorme placidamente

Elpino idolo mio,

Scendi leggiera, e ascolta

Ciò che sognando ei dice;

Ah ! se il mio nome ei tenero

Pronunci una sol volta,

Quanto sarò felice!

57

X


Benedette

Collinette,

Così verdi, così belle,

Ove torno

Ogni giorno

Con le poche pecorelle

Qui si gode

Senza frode

La beata libertà;

Cura indegna

Qui non regna,

Ma l'ingenua verità.

Rilucente

D'Oriente

Sempre sorge il Dio di Delo,

Sempre belle

Son le stelle,

Sempre chiara è Cintia in Cielo.

Qui di mille

Fresche stille

Brillan sempre e l'erbe e i fior;

E la pace

È verace

Fra le Ninfe e fra i Pastor.

XI


Ad un antico platano

Cetra, t'appendo, addio.

Ignota al biondo Dio

I giorni miei vivrò!

Fra cento pastorelle

Per te mi ornai di fiori;

E m'invidiò Licori,

Filen m'accarezzò.

Or t'abbandono; e l'aura

Passando a te d'appresso

Ne desti un suon dimesso

Appena noto al cor.

Un suon che lento e placido

Lusinghi l'alma mia,

Un suon che dolce sia,

Ma che non sia d'Amor.

XII


A bella Ninfa di nome Barbara


Di nome Barbara

Ma non di core,

Sei tutta Grazie,

Sei tutta Amore.

Tu piaci all'anime

Se parli, e taci;

E mesta ed ilare

Sempre tu piaci.

Le due bellissime

Tue luci nere

Sui cor si arrogano

Tutto il potere.

È quell'ingenuo

Riso gentile

Sicuro indizio

D'alma simile.

Sei tutta amabile

Per leggiadria,

Sei la delizia

Di tutti, e mia.

XIII


I due Contadinelli


È Giacinto un fanciulletto

Bel di core, bel d'aspetto;

Ha l'età di quindici anni

Sembra Amore senza vanni;

Mai non dice una bugia,

L'ingannar non sa che sia;

La figura ha di Narciso,

L'innocenza nel sorriso;

Vivo, bruno, ricciutello;

Che gentil contadinello!

È Nanetta una fanciulla,

Che vantò sin dalla culla

Semplicissimi costumi,

Biondo ha il crine, azzurri i lumi,

E un bocchin fra due pozzette

Che vuol baci e li promette;

Tredici anni ha scorsi appena,

E di vezzi è tutta piena,

Fresca, bianca, ricciutella;

Che gentil contadinella!

Il tugurio hanno vicino;

Ambi sorgon col mattino

Conducendo le agnellette

Sull'erbose collinette;

Ora tessono fiscelle,

Or zampogne, or ghirlandelle

Il lor voto, il lor desio

È la selva, il colle, il rio.

Deh! rispetti Amor pietoso

Quell'etade e quel riposo!

Vegga il mondo in coppia tale

L'innocenza pastorale.

XIV

L'Arcadia.

Ad Arminio Luigi Carrer

*Ah! che tranquilli e lieti*
*Ama Febo i Poeti.*
*BONDI*


In qual letargo indegno

Languisci, Arcadia mia?

Formaro il tuo bel regno

Amore e poesia;

E di lauri t'ornaro

Cristina e Sannazzaro.

Le sbigottite Muse

Fuggon di Pindo in cima,

E timide e confuse

Negan l'aonia rima

Ai sfortunati e lieti

Italici poeti.

Il pregiudizio insano

Vola di tetto in tetto,

E accenna con la mano

I titoli, il rispetto,

E le tanto sognate

Pergamene dorate.

All'umile virtude

Fa il vizio oltraggi e danni,

Lacero vel la chiude,

La opprimono gli affanni;

E Frini e adulatori

Han gl'itali tesori.

Arminio, tu che splendi

Chiaro tra' vati primi,

Tu nell'Arcadia accendi

Coi carmi tuoi sublimi

Un lampo a noi foriero

Del suo valor primiero.

Ah! sì cantiamo, amico,

Gli arcadi prischi vanti,

Ed il fulgore antico,

E i tanti serti e tanti,

Onde fregiò la chioma

Alla vittrice Roma.

XV


Il dono


Due vaghe tortorelle

Donommi il mio pastore

Dicendomi: – D'Amore

L'offerta non sdegnar.

Da queste imparerai

La fedeltà più rara,

E imparerai, mia cara,

D'Amore a palpitar. –

Le presi, e in loro imprimere

Volea due caldi baci;

Ma che? le penne audaci

Repente all'aer spiegar.

Allor, ridendo, io dissi

Al dolce mio tesoro:

– Imparerò da loro

– La libertà a bramar. –

XVI

Nella casa del Petrarca in Arquà

Onor dei cigni ascrei,

Primo fra il Delio coro,

Di cui la cetra d'oro

Laura risuona ancor;

La semplice Anassillide

Nata in campestre lido,

Offre al tuo casto nido

Un mazzolin di fior.

Accogli il picciol dono,

Il mio desir seconda,

Chiedo una sola fronda

Del tuo divino allor.

XVII

Spargendo di fiori la tomba del Petrarca

Di te degno, e a te più grato

Ben sarebbe il casto allor,

Ma nel povero mio prato

Solo nascono de' fior.

XVIII

A Licori

Ogn'istante, o Licori,

Vai crescendo in beltà: più vivi i rai

Sempre tu movi intorno

E s'avvicina il giorno

Che per un sguardo sol mille n'avrai.

XIX

Alla Fortuna

Perché, se fido e tenero

Mi diè Natura un core,

Perché, se il Cielo un'anima

Mi diede tutta Amore,

Farmi infelice e misera,

Sorte crudel, perché?

Ah! l'oro e le dovizie

Son riserbate ai perfidi,

Che van seguendo il vizio

Con baldanzoso piè,

Chi segue la virtù

Felice mai non fu.

XX

In morte di suo marito Antonio Mantovani

Allor che il Sol dietro l'Esperio lito

Nasconde i raggi, ed al riposo appella,

Contemplo con dolor l'imagin bella

Di mio marito.


Veggo il ceruleo sguardo ed il sorriso,

Veggo la fronte sua specchio del core,

E la gaia sembianza ed il candore

Di paradiso.


Sempre il vagheggia l'occhio della mente,

Or lieto, or melanconico, or pensoso;

Nell'ora del passeggio o del riposo

Sempre è presente.


Ier di notte il sognai più fresco e bello

D'un sereno mattin di primavera:

Dormia tranquillo all'aura messaggera

Del dì novello.


Io per destarlo lo chiamava a nome

Inutilmente; il sonno era profondo

Or gli baciava il labbro rubicondo,
Ora le chiome.


– Amor non dorme; svegliati – io dicea;
– Risplende il giorno nel suo pieno lume
Lascia, diletto mio, lascia le piume. –
Egli tacea.


Subito affanno fé balzarmi il core,
E mi destai di lagrime inondata,
Vedova, meschinella, desolata,
Nel mio dolore.


Oh quante volte di vederlo parmi
Assiso a me vicin mentre ch'io scrivo,
E cortese e gentil com'era vivo
Plaudir miei carmi!


Oh quante volte mi par ch'ei mi chiami
Or cara Aglaia, or sua diletta sposa!
Con la solita sua voce amorosa
Chieder s'io l'ami!


O cara voce, non t'udrò più mai
Soave consolar l'anima mia,

Da me scacciando con dolce malia

Gli affanni e i guai.


Del viver suo negli ultimi momenti

Non si lagnò di sue mortali doglie;

Erano per la sua povera moglie

Tutti i lamenti.


– Datti pace, mia Aglaia – egli dicea;

– Un dì ci rivedremo in paradiso;

Il corpo, non l'amor, resta diviso. –

Ed io piangea.


Oh rapito al mio sen caro compagno,

Scendi tra i sogni miei, scendi e consola

Me, che infelice, abbandonata e sola

Piango e mi lagno.


Indi rivola al tuo beato empiro,

Ove vagheggi Dio sommo immortale,

Ove ti rivedrò sciolta dal frale

Con un sospiro.